Z. 1013
A.

(von J. A. Deshées)

15130

LETTRE

DE

Mʳ. L'ABBÉ *****

PRIEUR DE NEFVILLE,

A MONSIEUR

L'ABBÉ D'OLIVET

DE L'ACADÉMIE FRANÇOISE,

Pour servir de Réponse à sa derniere Lettre à M. le
Présidint Bouhier ;

O U

Réfutation de ses fausses Anecdotes & de ses Jugemens
Litteraires, avec une Parodie de sa Prosopopée.

A BRUXELLES,

Chez F R I C X, Ruë de la Madeléne.

M. DCCXXXIX.

AVERTISSEMENT.

JE n'avois d'abord eu deſſein que de réfuter les erreurs de M. l'Abbé d'Olivet au ſujet de Bayle, dont ce ſavant Académicien mépriſe l'érudition, & auquel il ôte un Ouvrage qui eſt ſûrement de lui; mais de peur que cette diſcuſſion, qui n'intéreſſe que les Gens de Lettres, ne parût indifférente, & même ennuyeuſe aux Gens du monde, & que mon Ecrit ne fût peu lû; j'ai jugé à propos, à l'exemple même de M. Olivet, d'y joindre de la Critique Littéraire, & de le choiſir lui-même pour objet de cette Critique, comme il a fait à l'égard d'une Perſonne dont les Ouvrages n'ont aucun rapport avec ceux de Bayle. Ainſi, après avoir combattu les ſentimens de M. Olivet ſur le Fameux Philologue de Hollande, j'ai crû devoir les combattre auſſi au ſujet du moderne Phi-

AVERTISSEMENT.

lologue de Paris. Au furplus, cen'eſt ni par aucun reſſentiment, ni par aucune mauvaiſe intention que je publie ce petit Ouvrage. S'il s'y trouve quelques ironies, je ne me les fuis permiſes qu'en marchant fur les traces de celui contre qui j'écris. J'ai feulement tâché de les rendre un peu plus légéres, & de leur donner un fondement plus réel, fans me départir de certains égards que les Gens de Lettres doivent obſerver dans leurs diſputes. J'ai également évité d'être fade ou amer, mais je ne me flatte point d'avoir trouvé le juſte milieu. Quoiqu'il en ſoit, avec une fimple épée, j'ai oſé combattre un Adverſaire armé d'une lourde maſſuë, capable de faire trembler tous les Champions, & d'aſſommer tous ſes Rivaux.

LETTRE

DE

Mᴿ. L'ABBÉ *****,

PRIEUR DE NEFVILLE,

A MONSIEUR

L'ABBÉ D'OLIVET

DE L'ACADEMIE FRANÇOISE.

*Pour servir de Réponse à sa derniere Lettre à
M. le Président Bouhier ; ou Réfutation de
ses fausses Anecdotes & de ses Jugemens Litteraires, avec une Parodie de sa Prosopopée.*

LORSQUE je vis, Monsieur, la pre-
miére édition de votre derniere *Lettre à M. le Président Bouhier* (a), votre

(a) Cette Lettre que M. l'Abbé d'Olivet a datée
du 6. Juillet 1738. n'a paru qu'au mois de Février
1739. On a fait observer au Public qu'elle se ven-
doit *chez Didot Libraire, vis-à-vis Chaubert.*

A

Confrere , & le confident ordinaire de vos chagrins, il me parut qu'on en pouvoit juger comme de la plûpart des autres Écrits Polémiques que vous nous avez donnez jufqu'à prefent. Vous le dirai-je ? Je ne m'imaginai point qu'elle vous fît beaucoup d'honneur , parce qu'au lieu de combattre votre Adverfaire , vous vous y répandiez en invectives & en impoliteffes qui ne font pas même dignes de vous; témoin cette Epigramme ftercoraire que vous avez fagement retranchée de la feconde Edition de votre Lettre , fans doute à caufe des railleries qu'elle vous avoit attirées de toutes parts (*a*). Cependant n'ayant encore aucun intérêt perfonnel dans la difpute , je ne devois que montrer une jufte indifférence , & laiffer tomber votre Lettre , comme tant d'autres Pieces fugitives que l'on oublie prefqu'auffitôt qu'elles ont vû le jour : Mais depuis que

(*a*) A la tête du *Profpectus* de Ciceron , que M. l'Abbé d'Olivet vient de publier , on lit ces mots : *Jofephus Olivetus edebat.* Un Académicien a dit qu'il falloit les tranfporter au bas de l'Epigramme, où, comme on voit , le Verbe *edebat* feroit pris dans un autre fens. D'autres ont jugé que l'Auteur de l'Epigramme mériteroit d'être condamné à l'effacer avec fa langue, ce qui étoit autrefois le fupplice des mauvais Poëtes du Pays de Lyon.

3

vous avez appris au Public dans la feconde Edition de cette même Lettre, que tout ce que vous écrivîtes, il y a près de deux ans, contre M. Crévier, retomboit fur un autre Auteur; » que vous » n'auriez eu *mot à dire* (*a*) à ce célébre » Profeffeur de l'Univerfité, fi en le réfu- » tant, vous vous étiez propofé de faire » porter le contre-coup fur l'Obfervateur, » qui *avoit faifi aux cheveux l'occafion* de vous » commettre avec lui, qui avoit *interrompu* » *la douceur de votre vie, c'eft-à-dire, vos étu-* » *des,* & vous avoit *fufcité d s querelles,* à » vous, *l'ennemi juré de toute altercation* « ; j'en ai été très inquiété, je vous l'avouë; j'ai eu peur qu'aux yeux des Perfonnes inftruites, *le contre-coup* ne parût *porter* fur moi, encore plus que fur l'Obfervateur; ou même, que fi vous veniez à vous réconcilier avec ce dernier, comme vos loüanges inefpérées donnent lieu de croire que vous avez fait avec l'autre (*b*), je ne reftaffe feul expofé à votre terrible couroux.

Derniere Lettre de M. l'Abbé d'Olivet, feconde édit. page 22.

Ibid.

Ibid. pag. 23.

Ibid. pag 22.

(*a*) Cette expreffion & les fuivantes en caractére italique, font de M. l'Abbé d'Olivet. On voit par là combien le langage de cet Académicien eft pur, noble & choifi.

(*b*) M. l'Abbé d'Olivet dans la feconde édition de fa derniere Lettre, pag. 22. dit de M. Crévier,

A ij

En effet, ce n'eſt point l'Obſervateur qui vous a *commis* avec M. Crévier, comme il vous plaît de le dire dans la ſeconde Edition de votre Lettre, c'eſt moi-même qui ai eu ce malheur, je le reconnois ; c'eſt moi qui originairement ai *interrompu la douceur de votre vie* ; c'eſt moi qui ai *troublé vos études* , ces études ſi glorieuſes pour vous , & ſi utiles au Public. Toutes les querelles qu'il vous a fallu ſoutenir depuis près de deux ans, c'eſt moi qui, ſans le vouloir, vous les *ai ſuſcitées*, à vous, *qui de vos jours n'avez écrit une ligne contre perſonne , ſi ce n'eſt en récriminant* (a). Eſt ce donc une vaine allarme quand je crains que votre couroux ne retombe ſur moi? Et puis-je même douter que vous ne m'ayez principalement en vûë, ſçachant de bonne part , que tout excuſable que je fuſſe de vous *avoir commis* avec un Sa-

que c'eſt un *Profeſſeur célébre*, un *Homme d'un mérite diſtingué*; *Sa petite colére* l'avoit fait parler bien autrement dans la premiere Lettre du 3. Juillet 1737. Peut-être que quand *ſa grande colére* ſera paſſée, il fera une ſemblable réparation à ſon nouvel Adverſaire.

(a) C'eſt en ce ſens qu'il faut prendre les Ecrits que M. l'Abbé d'Olivet a publiés contre les PP. du Cerceau & Caſtel Jéſuites, & les plaintes qu'il a portées contr'eux, ou du moins contre l'un des deux, croyant qu'ils devoient être punis, pour l'avoir critiqué.

vant, contre mon gré, & fans aucun mauvais deffein, vous n'avez jamais pû me
le pardonner, & qu'en plus d'une occafion, votre reffentiment s'eft fait voir au
travers *des politeffes établies par l'ufage?* Mais Derniere Lettre page 14.
pour montrer toute l'injuftice de votre
procédé à mon égard, il fuffit de rappel-
ler l'origine de la querelle.

J'écrivis, il y a deux ans, une *Lettre
aux Obfervateurs* (a) au fujet d'un petit
Ouvrage *Sur le Goût*, que M. Rémond
de S. Mard venoit de publier, & où j'a-
vois remarqué, entr'autres chofes, un
endroit qui ne m'avoit pas paru exact.
Il s'agiffoit, comme vous favez, du
bon & du beau dans les Ouvrages d'efprit ; M. Rémond me fembloit donner la
préférence à celui-ci fur l'autre. Je me
fouvins alors d'avoir lû dans votre difcours à l'Académie quelque chofe qui
étoit entierement contraire à la Doctrine de M. Rémond. J'y eus recours; j'y
trouvai éffectivement un paffage de Ciceron rendu d'une maniere abfolument
décifive en ma faveur. Sur votre autorité feule, j'employai ce paffage dans le
fens que vous lui aviez donné. Je ne
vous citai point en cette occafion, par-

(a) Cette Lettre fe trouve dans le VIII. Volume
des Obfervations, feuille 119.

A iij

ce que je vous avois défigné auparavant par la double qualité de *Savant* & de *laborieux*; & c'étoit un éloge dont vous deviez être content, puifqu'il renferme, ce me femble, tout ce qu'on peut dire de plus avantageux d'un Homme de Lettres, & de plus flatteur pour un Académicien.

Ma Lettre étant tombée entre les mains de Monfieur Crévier, Profeffeur de Rhétorique au College de Beauvais, il trouva que dans le paffage cité de Ciceron, l'on n'avoit pas rendu fidelement la penfée de cet Auteur. Il prit la plume, & réfuta la traduction, en reconnoiffant toutefois que » le fond de » ma Doctrine n'étoit pas éloigné de la » façon de penfer de Ciceron (*a*).

J'avois été ainfi directement & immédiatement attaqué par le Profeffeur, quoiqu'avec politeffe; mais le coup qui portoit fur moi, l'obfervateur le détour- *Note de Obfervat.* na, en fefant remarquer » que j'avois » été trompé par la traduction fautive » que vous aviez faite du paffage latin. » Il n'en fallut pas d'avantage pour vous mettre tout en feu. Vous écrivîtes alors cette Lettre foudroyante, qui parut au

(*a*) Voyez la Lettre de M. Crévier dans le IX. Volume des Obfervations, feuille 126.

mois de Juillet 1737 (a) ; ou, pour me
fervir de vos propres termes, piqué contre *le Profeffeur qui avoit appefanti fur vous
fa ferule*, vous la lui arrachâtes brave-
ment , & en fîtes fur lui l'ufage qui
vous étoit familier , il y a environ 40.
ans ; enforte que rappellant votre an-
cienne profeffion, vous vous imaginâ-
tes *corriger* charitablement *le théme d'un
petit cinquiéme.* Vous parûtes même vous
complaire dans cette honnête fuppofition , tant elle vous fembla fpirituelle !
Tout autre *auroit enfoncé le poignard avec
refpect* , & auroit du moins *gardé quelques
ménagemens* ; pour vous, vous ne les crû-
tes pas *faits pour un homme qui attaquoit les
gens fans rime ni raifon.* Cependant à vous
entendre dans votre derniere Lettre ,
vous *n'auriez eu mot à lui dire* , fi vous ne
vous étiez *propofé de faire porter le contre-
coup fur l'obfervateur.* Vous vous êtes plaint
du Profeffeur, parce que l'autre avoit ap-
puyé fa Critique. Nouvelle façon de fe
venger d'un Journalifte , en accablant
d'invectives celui dont ce Journalifte
approuve le fentiment !

Quoiqu'il en foit , voilà comment un
paffage de Ciceron , vous a non-feule-

Premiere Lettre, page 12.

Ibid. page 7 - 10.

Ibid. page 12.

(a) Lettre du 3. Juillet 1737. *A Paris* , chez
Gandoin.

ment indifpofé contre moi , mais vous a
de plus broüillé avec deux Perfonnes
eftimées dans le Monde , & dans la République des Lettres , & qui étoient auparavant de vos amis ; je dis de vos amis,
car on affûre que vous avez fort fouvent confulté le premier fur certains
endroits obfcurs de Ciceron que vous
n'entendiez point , afin de n'avoir pas
toujours recours à Dijon : Quant au
fecond , quoique vous difiez , on fait,
à n'en pouvoir douter , que vous avez
été lié avec lui d'une maniere très-étroi-
te , jufqu'à lui faire prefent de vos Ouvrages , & recevoir les fiens ; ce qui eft
prouvé par certaine reftitution de votre
part , dont j'ai oüi faire un conte ridicule.

    Ces beaux jours font paffés. A ce
doux commerce de trois Hommes Let-
trés, a fuccédé une funefte difcorde. *Vos*
tranquilles études ont été *troublées.* Ah !
Pourquoi faut-il que mon imprudente
adoption ait caufé ce défordre ? Sans
moi vous n'auriez jamais *en maille à par-*
tir enfemble (a).

Premiere Lettre, page 12.

Ibid. page 1.

(a) On trouve dans tous les Ouvrages de M. l'Abbé d'Olivet une infinité d'expreffions de cette efpece , qui , à la vérité , paffent dans la converfation,
mais qui font toutes finguliéres , & qu'on ne doit jamais écrire, & encore moins méler dans un difcours.

Une chofe me confole cependant, c'eft que mon imprudence a contribué au progrès de votre réputation. Quoique *la matiere prêtât peu*, avec quel art ne fûtes-vous pas *l'égayer & la rendre fupportable* ? Abandonnant *la fimplicité du ftyle Epiftolaire pour vous jetter dans le Polémique*, vout évitâtes merveilleufement ce que le premier a de *foporatif* (a). Ah! il faut l'avouer, que le Profeffeur fut bien *rabroué !* Je ne crois pas qu'après cela il s'avife jamais de vouloir relever un homme de votre poids. Quoi de plus amufant que la leçon que vous fefiez à *votre petit Cinquiéme* ? Que d'efprit, que d'enjouement, que de délicateffe vous opposâtes *au ton magiftral du Profeffeur !* Auffi votre Ecrit fut-il honoré de l'approbation d'un de vos femblables (b) ; & à fon exemple, un autre

Ibid. page 1.

Ibid. & page 2.

Ibid. pag. 12.

Ibid. pag. 7 · 10.

noble & élégant. Il en eft de ces expreffions, comme des termes nouveaux, dont M. l'Abbé d'Olivet confeille de ne point ufer; *car* (dit-il) *puifqu'on écrit pour être lû de tout le monde, il faut n'employer que des termes reçus de tout le monde.* Prem. Lettr. pag. 10.

(a) Comme fi le ftyle Epiftolaire ne pouvoit pas être en même tems Polémique, & comme fi le ton des Lettres étoit en lui même Soporatif. C'eft à M. l'Abbé d'Olivet à nous expliquer le fens de fes expreffions.

(b) M. l'Abbé Sallier de la même Académie que M. l'Abbé d'Olivet.

bel efprit du même ordre vient d'en faire autant pour vorre derniere Lettre à
M. le Préfident Bouhier. Il a trouvé » la
» premiere partie de cette Lettre rem-
Derniere » plie d'*anecdotes curieufes*,concernant des
Lettre de
M. l'Abbé
d'Olivet,
pag. 24. » Ecrivans célebres du dernier fiecle. «
A l'égard de ce que vous répondez à un
Adverfaire qui vous a attaqué le pre-
premier , il a crû que » l'impreffion en
« pouvoit être permife d'autant plus que
Ibid. « *rien n'y paffe les bornes prefcrites en ces*
» *combats litteraires.* « Cette *innocente* approbation s'eft étendue, comme on voit,
jufques fur votre fale & infame Epigramme : à la verité, le Public n'en a
pas été *édifié* (*a*) ; mais pour fervir M.
l'Abbé d'Olivet (*b*), il eft permis de tout
braver, fur-tout quand on a été honoré
de fes précieux éloges, comme Mon-

(*a*) J'en excepte l'Auteur du Mercure , qui a dit
fort judicieufement, que ., pour donner une jufte
,, idée de l'Ecrit de M. Olivet , Ecrit, qui felon lui,
,, *doit amufer* encore plus par fes agrémens, que par
,, *fa brieveté*, il fe contenteroit d'emprunter les ter-
,, mes de l'approbation de M. Daachet. *Merc. Fev.*
1739. *pag.* 137.

(*b*) Le célébre Abbé Jofephd'Olivet , de *Salins*
en Franche-Comté , eft le même qui a été connu
chez les Jéfuites fous le nom du R. P. Toulié. *V.*
Hueti Carmina.

fieur Danchet. Voyons donc quelles
font les *anecdotes* fi dignes de l'admira-
tion de cet Académicien.

    » Oui (dites-vous dans vôtre Lettre)
» il eft certain que l'*Avis aux Réfugiés*
» qui parut en 1690. & qui fervit long-
» tems de prétexte à l'horrible guerre
» de Jurieu contre Bayle, eft de feu
» Monfieur de Larroque, intime ami de
» *notre cher Abbé Fraguier*, chez qui je le
» voyois prefque tous les foirs. Je lui ai
» entendu conter cent fois (pourfuivez-
» vous) qu'il compofa cet ouvrage. --
» avant que d'être tout-à-fait déterminé
» à fe faire Catholique ; Qu'ayant été
» appellé à la Cour d'Hannover, où il
» fut retenu neuf mois, pendant ce
» tems-là, M. Bayle, dépofitaire de fon
» Manufcrit, le fit imprimer de fon
» aveu, mais avec parole de ne point
» nommer l'Auteur ; Qu'à fon retour
« d'Hannover, il vint ici faire fon ab-
» juration ; Que peu de jours après, s'en-
» tretenant avec le P. Verjus, Jéfuite
» célebre, il apprit de lui que M. l'Ar-
» chevêque de Paris & le P. de la Chai-
» fe, étoient indignés de l'*Avis aux Ré-*
» *fugiés*, dont l'Auteur, fi ce n'étoit pas
» un Proteftant déguifé, leur paroif-
» foit un fort mauvais Catholique ; puif-

Derniere Lettre, page 1.

Ibid. pag. 2.

» qu'il traitoit de perfécuteurs, ou peu
» s'en faut, les Miniftres du Roi. Pour
» fentir combien ce difcours dut faire
» d'impreffion fur Monfieur de Larro-
» que (ajoutez-vous) il faudroit l'avoir
» connu. Jamais homme ne fut en mê-
» me temps & plus fier & plus timide.
» Rifquer un éclairciffement avec *ces*
» *deux Puiffances*, cela exigeoit des dé-
» marches que fa fierté ne lui confeil-
» loit pas ; & c'étoit auffi s'expofer à
» des fuites que fa timidité lui fefoit
» appréhender. Il prit donc le parti de
Ibid. pag. » *fe tenir clos & couvert*, en réïterant à
3. » à M. Bayle l'ordre de lui garder invio-
» lablement le fecret. «

L'horrible guerre de Jurieu contre
Bayle étoit alors allumée. L'*Avis aux*
Réfugiés étoit un des chefs qui fervoient
de prétexte à cette guerre. » D'un feul
» mot Bayle pouvoit fermer la bouche
» à fon Adverfaire «. Il ne s'agiffoit que
de découvrir l'Auteur de l'*Avis aux Ré-*
fugiés ; mais « il avoit (dites-vous) pro-
» mis le fecret à fon ami, & il le lui
» garda avec une conftance à laquelle
» on ne peut refufer des louanges. Pour
» ne point commettre fon ami, il fou-
» tint pendant plufieurs années les at-
» taques d'un Chef de parti, l'homme

» du monde le plus fougueux. «

A cela, Monſieur l'Abbé, permettez-moi de vous répondre que vous vous étes trompé. Malgré la déciſion de M. l'Approbateur, vos *anecdotes* ne ſont rien moins que *curieuſes*, parce qu'elles ſont fauſſes, ainſi que le jugement que vous portez du mérite de M. de Larroque. Ce que vous nous dites de Bayle, & de ſa *conſtance à garder le ſecret qu'il avoit promis à ſon ami*, eſt un pur Roman. Vous étes mal inſtruit de ce qui ſe paſſa entre lui & Larroque; & quoique vous viſſiez ce dernier preſque tous les ſoirs chez votre *cher Abbé Fraguier*, vous n'étes nullement au fait de ſa vie. Jamais l'*Avis aux Réfugiés* ne fut de Larroque. Jamais Larroque ne fut qu'un Auteur, je ne dis pas ſeulement médiocre, mais fort mauvais, à en juger par ſes ouvrages.

Je ne penſois pas devoir jamais entrer en lice avec vous, & principalement ſur un point de Critique, genre d'Etude, qui n'eſt pas moins *nouveau* pour moi que pour vous; mais puiſque l'occaſion s'en preſente, après m'être ſuffiſamment juſtifié ſur l'origine *de la querelle* que je vous ai *ſuſcitée*, je vais eſſayer de diſcuter & d'éclaircir le point dont il s'agit, dans la penſée que ſi ma

Derniere Lettre, page 3.

Lettre vient à être publique, cette dif-
cuffion pourra ne point paroître indifférente aux yeux des Savans, parmi lef-
quels M. le Préfident Bouhier n'eft fans
doute pas le feul qui ait de la *paffion*

Derniere Lettre, page 3. *pour l'Hiftoire Litteraire.*

1°. Jamais l'*Avis aux Réfugiés* ne fut
de Larroque. Au contraire, cet ouvrage eft certainement de Bayle. On a fur
cela des preuves inconteftables. Eloigné
du Royaume par la fuppreffion de l'A-
cadémie de Sedan *(a)*, & plus encore
par la révocation de l'Edit de Nantes *(b)*,
Bayle n'avoit point perdu l'envie de re-
voir fa patrie. Dans cette vûë, il penfa
à fe ménager des protections à la Cour ;
ce qui lui étoit d'autant plus néceffaire,
que depuis long-temps fes ennemis mé-
ditoient fa ruine, & qu'il fe voyoit à la
veille d'être obligé de chercher une retraite ailleurs qu'en Hollande. Mais le
feul moyen de réuffir pour lors en France, c'étoit d'être Catholique, ou au
moins d'en avoir les dehors ; il ne l'i
gnoroit pas. C'eft pourquoi il compofa
l'*Avis aux Réfugiés*, ouvrage qui paroît
véritablement n'avoir été fait que pour

(*a*) Bayle étoit Profeffeur de Philofophie dans
cette Académie. Elle fut fupprimée en 1681.
(*b*) 1685.

plaire à Louis XIV. Il est écrit en forme de Lettre, & l'Auteur l'adresse à un
de ses amis, à qui il le vouloit donner
pour étrennes. Il raille les Réfugiés sur
les fausses espérances qu'ils concevoient
des évenemens extraordinaires qu'on
avoit vûs dans le cours de l'année 1689.
& de quelques-unes des précédentes. Il
s'y éleve contre un certain esprit de sédi-
tion & de révolte qui s'étoit glissé parmi eux, & il les exhorte à imiter la modération des Catholiques Anglois réfugiés en France. Il s'y rend le défen-
seur de l'autorité des Souverains & des
droits de laRoyauté.Il accuse les Presby-
teriens d'avoir été les auteurs de la mort
de Charles I. Roi d'Angleterre, & reproche à l'Eglise Anglicane de s'être crimi-
nellement écartée de l'obéïssance qu'elle
devoit à son légitime Souverain (le Roi
Jacques II. pour qui la France armoit
alors avec vigueur.) Enfin, il félicite
son ami sur les dispositions favorables
qu'on disoit être dans l'esprit de Louis
XIV. pour le rappel des Réformés : de-
là, il prend occasion de faire quelques
réflexions sur les dernieres Campagnes
de ce Prince; il n'épargne rien pour
relever sa gloire & la grandeur de son
Royaume, & se déclare hautement con-

rre tous fes ennemis, principalement
contre l'Empereur & contre le Pape,
parce que LOUIS XIV. étoit alors en
guerre avec le premier, & qu'il n'ai-
moit pas le fecond. On peut remarquer
que par tout il affectoit d'écrire comme
s'il eût été à Paris.

Le P. de la Chaife que l'on avoit
plufieurs fois follicité de s'intéreffer
pour Bayle auprès du Roi, & qui connoiffoit fon rare mérite, avoit toujours
déclaré, qu'avant que de parler, il lui falloit un témoignage non équivoque de
fa bonne volonté pour l'Eglife Catholique, qu'il pût montrer au Roi; que
fans cela même, il ne parleroit jamais
efficacement. Bayle inftruit de cette réponfe, lui écrivit au mois d'Août 1690.
que l'*Avis aux Réfugiés* qu'on avoit im-
" primé en Hollande à fon infçû & avec
" divers changemens qui le défiguroient
" *(a)*, mais qu'il venoit d'envoyer en
" France

_____

(a) L'Edition dont Bayle parle dans cette Lettre,
eft celle d'Amfterdam, qui porte ce titre: *Avis
important aux Refugiés fur leur prochain retour en
France, donné pour Etrennes à l'un d'eux, par Monfieur* C. L. A. A. P. D. P. *à Amfterdam, chez Jacques le Cenfeur* 1690. Elle fut faite fur une copie de
l'Ouvrage, prife à l'infçû de l'Auteur, par un Ami
infidele à qui il avoit confié fon Manufcrit pour le
lire. L'Editeur qui étoit apparemment un Réformé

» France à un de ſes amis , (M. de Lar-
» roque) *(a)* pour le faire imprimer en
» *ſa forme véritable & naturelle* , devoit
» être un témoignage ſuffiſant & de ſes
» ſentimens ſur la Religion , & de ſon
» reſpect pour le Roi ; que cet ouvrage
» entroit aſſez dans les vûes de Sa Ma-

zélé , y mit une Préface ſanglante contre la France,
& fit auſſi dans le corps de l'Ouvrage des changemens conſidérables, & tous évidemment contraires
au deſſein de l'Auteur, & aux ſentimens qu'il paroiſſoit ſoûtenir. C'eſt ainſi que quelques Editeurs
ont défiguré en France l'*Hiſtoire des Juifs de M. Prideaux*, en voulant l'ajuſter à la façon de penſer des
Catholiques, ou au moins l'en raprocher. Pluſieurs
Perſonnes (comme M. Baſnage & M. de Bauval
ſon frere) ont crû que la Préface & les changemens étoient auſſi de M Bayle , & qu'il avoit fait
le tout dans un premier mouvement de colére contre la France, où l'on avoit fait arrêter ſon frere
pour cauſe de Religion ; mais cela eſt faux. Bayle
avoit trop de bon ſens pour donner au Public un
Ouvrage qu'on pourroit définir une Bigarure mon-
ſtrueuſe. De deux Editions de cet Ouvrage, données en Hollande, il n'eut jamais de part qu'à celle
qui ſe fit furtivement à la Haye , chez Moërjens,
& qui eſt fort différente de l'autre. On en parlera
dans la ſuite.

(a) Ou ſelon d'autres, M. Pelliſſon. Les Perſonnes de qui je tiens cette Anecdote , & qui la tien-
nent elles-mêmes du P. de la Chaiſe, croient que
M. Pelliſſon fut auſſi dans la confidence de Bayle,
mais ils n'oſent l'aſſurer.

B

» jefté, pour qu'il ne fît point difficul-
» té de s'en ouvrir à lui, mais qu'il le
» fupplioit de tenir cet aveu fecret. « Le
P. de la Chaife avoit dans cette Lettre
le témoignage qu'il avoit exigé; il la
montra au Roi, & lui demanda au nom
du favant Réfugié & la permiffion qu'il
fouhaitoit, & l'efpace d'une année pour
s'inftruire, foit auprès de M. de Meaux,
foit auprès de M. Peliffon, foit auprès
de lui-même, parce que M. Bayle ne
vouloit point qu'on eût à lui reprocher
d'avoir vendu fa créance pour les quatre mille livres de penfion qui lui avoient
été offertes par la Cour. Le Roi répon-
dit qu'il feroit charmé d'attirer dans fes
Etats un homme du mérite de Bayle;
mais qu'ayant refufé au Maréchal de
Schomberg & au Comte de Roye la
permiffion de paroître dans le Royaume, qu'ils ne fuffent Catholiques, il ne
pouvoit accorder à un autre une pareille
permiffion; que cependant, il vouloit
bien fe relâcher; qu'auffi-tôt que Bayle
fe feroit rendu dans quelque Ville Catholique, comme Bruxelles ou Colo-
gne, & qu'il auroit commencé à fe faire
inftruire, les quatre mille livres de penfion lui feroient régulierement payées.

Les embarras cruels qui furvinrent

pour lors à Bayle, rompirent cette né-
gociation. Jurieu qui depuis lon-tems
étoit fon ennemi mortel, parce qu'il
avoit trouvé en lui un Rival qui l'effa-
çoit (*a*), irrité d'une critique violente
que Bayle avoit compofée contre lui
(*b*), mit tout en œuvre pour fe venger

(*a*) M. des Maizeaux dans la Vie de Bayle, dit
du Miniftre Jurieu, *Qu'il étoit extrémement jaloux
de la gloire de fes propres amis.* Voyez fon caractere,
ibid. pag. 7. Jurieu, homme aufli violent fur le fait
de la Religion que Bayle étoit modéré, avoit été indifpofé contre celui-ci, dès le tems que parut le *Commentaire Philofophique,* quoique Bayle défavouât cet
Ouvrage. Mais fa haine étoit encore cachée. Elle
n'éclatta qu'à l'occafion des plaifanteries qui échap-
pérent à M. Bayle & à M. de Bauval fon ami, fur
les prodiges que Jurieu prétendoit découvrir dans
l'Apocalypfe, & qu'il interprétoit vainement en faveur des Réfugiés.

(*b*) Cette Critique eft le Livre qui a pour titre :
Janua Cælorum referata cunctis Religionibus, à cele-
*bri admodùm viro Domino Petro Jurieu, Roterodami
Verbi Divini Paftore, & Theologiæ Profeffore. Porta
patens efto. Nulli claudatur honefto. Amftelodami,
excudebat Petrus Rayer,* 1692. *in-*4°. Bayle, que
Jurieu accufoit de Tolérantifme, fit cet Ouvrage
pour rendre la pareille à fon Accufateur. Il y démontre que ce Miniftre, tout Intolérant qu'il vouloit paroitre, ne laiffoit pas dans fon Livre intitulé,
Le vrai fyftéme de l'Eglife, d'ouvrir la Porte du Ciel
non feulement à toutes les Sectes des Chrétiens, mais
même aux Juifs, aux Mahométans & aux Payens. Jurieu fut d'autant plus fenfible à cette Critique, que

& le perdre. Il s'adreſſa d'abord aux
Bourguemeſtres de Rotterdam, puis au
Tribunal appellé le Conſiſtoire Fla-
mand, & l'y dénonça comme *impie*,
athée, profane, homme ſans Religion, & même *criminel d'Etat, & chef d'une conſpira-
tion formée contre la liberté publique* (a). Tout
ce que Bayle put faire au milieu de ces
aſſauts, ce fut de ſe défendre; encore
ſuccomba-t'il à la fin, & ſe vit-il dépoüil-
lé de ſa Chaire & de ſes Penſions (*b*).
Et depuis le commencement de ſes em-

l'Ouvrage, attaqué par Bayle, étoit le meilleurEcrit
qu'il eût jamais fait. C'étoit auſſi le ſeul que M.
Nicole eût jugé digne d'une Réponſe. Le Livre de
Bayle ne parut qu'en 1692 mais il étoit fait lon-
tems auparavant. Il en parla dans ſa *Cabale chimérique*; comme d'un Ouvrage prêt à être mis ſous
preſſe. Or la *Cabale chimérique* fut imprimée dans
les premiers mois de l'année 1691.

(a) Voyez dans la Vie de Bayle la Requête pre-
ſentée aux Bourguemeſtres de Rotterdam par le
Miniſtre Jurieu, & ſes différentes accuſations contre Bayle, ſon Factum & autres Pieces.

(b) ,, Nos Magiſtrats m'ont ôté ma Charge de
,, Profeſſeur avec la penſion de cinq cens florins
,, qui y étoit annexée. Ils ont même révoqué la
,, permiſſion qu'on m'avoit donnée d'enſeigner en
,, particulier. Ils réſolurent cela le 30 d'Octobre
,, paſſé, & Lundi dernier (2. Novembre) Meſ-
,, ſieurs les Bourguemeſtres m'en donnérent con-
,, noiſſance dans leur Chambre. " *Lettre à M.
Minutoli du 5. Novembre 1693.*

Barras, quoiqu'il eût plus befoin que jamais de protection, l'on n'a plus entendu parler ni de fes deffeins de converfion, ni de fon envie de rentrer dans le
Royaume. Peut-être ne fe fentoit-il
point difpofé à remplir la condition que
le Roi exigeoit, ou peut-être encore fit-
il réflexion que du caractére dont il étoit,
& avec un génie vif, boüillant, difficile
à contenir, il auroit peine à vivre dans
un Pays où la contrainte eft néceffaire, & que s'il venoit à y laiffer voir le
moindre penchant pour le Pyrrhonif-
me, il s'attireroit infailliblement des
affaires bien plus terribles que celles
qu'il avoit euës à foûtenir en Hollande,
fur tout y étant connu pour Relaps. (a)

A vant cette difgrace & durant fa né-
gociation avec le Pere de la Chaife, il
avoit écrit en termes exprès à Larroque,
que » felon ce qu'il prévoyoit l'orage
» excité contre lui, alloit devenir plus

(a) M. Bayle fils du Miniftre du Carla dans le
Comté de Foix, avoit été élevé dans la Religion de
fon pere. Il fit Abjuration tandis qu'il étudioit en
Philofophie chez les Jéfuites à Touloufe; mais le
préjugé de la naiffance l'ayant emporté fur les in-
ftructions qu'il avoit reçuës, au bout de dix-huit
mois, il retourna au Prêche où il abjura la Foi Catholique.

» violent qu'il n'avoit encore été; Que fi
» l'on venoit à favoir en Hollande que
» *l'avis aux Refugiés* fût fon ouvrage, fes
» ennemis qui en avoient déja quelques
» foupçons, y trouveroient un pré texte
» pour couvrir leur haine, & un moyen
» de venir fûrement à bout de le perdre;
» qu'ainfi il le prioit de s'en dire lui mê-
» me l'auteur, & qui plus eft de faire en-
» forte que le public le crût (a) «. Larroque garda long-tems la Lettre, & la
fit voir quelques années après au Pere
Vitry, Jéfuite de fes amis, qui, depuis
la mort de Bayle, en a (dit-on) toujours parlé comme d'une piéce bien
réelle & bien authentique. D'illuftres
perfonnes dont l'autorité feule entraî-

(a) La Lettre étoit du mois de Janvier 1691,
fans doute quelques jours après que le Miniftre Jurieu eut fait dire à M. de Bauval, que l'*Avis aux
Réfugiés* étoit forti des Provinces Unies, & qu'il
fçavoit certainement que Bayle en étoit l'Auteur.
C'étoit affez la coûtume de M. Bayle de ne point
fe déclarer d'abord Auteur de certains Ouvrages,
lorfqu'il vouloit fonder le goût du Public, ou lorfqu'il prévoyoit bien que ces Ouvrages dûffent faire
du bruit. Chacun fait qu'il en ufa ainfi quand il publia fes *Penfées diverfes fur les Cométes*, fon *Commentaire Philofophique*, &c. Et l'on a remarqué que
le *Dictionaire Hiftorique & Critique* étoit le feul de
fes Ouvrages où il eût mis fon nom.

neroit toute la République des Lettres,
s'il ne m'étoit expreſſément défendu de
les nommer, m'ont dit auſſi l'avoir vûë
& euë aſſez entre les mains pour ſe ſou-
venir des propres termes de Bayle ; ils
m'ont de plus ajoûté que cette négo-
ciation avoit été une affaire de ſix mois,
qu'elle s'étoit paſſée ſous leurs yeux, &
qu'apparemment Larroque avoit oublié le fait, lorſqu'il nous le racontoit
chez *le cher Abbé Fraguier*, ou que l'ayant
vous même mal compris, vous en avez
confondu toutes les circonſtances.

Cependant Larroque ſervit fidéle-
ment ſon ami. A peine le Manuſcrit lui
avoit-il été envoyé, qu'il l'avoit confié
à un Libraire ; celui-ci avoit obtenu au
nom de l'Auteur un Privilége pour l'imprimer ; & l'on travailloit à cette Im-
preſſion, lorſqu'elle fut interrompuë
par les ordres de Bayle, & par la mort
du Libraire. Mais quelques mois après,
on reprit l'ouvrage, & le Livre parut
enfin avec le nom de l'Auteur caché,
ſous les mêmes lettres initiales que dans
l'Edition d'Amſterdam, & avec un Privilége où l'on trouve ce détail remar-
quable : » Notre amée Marie-Magdelene
» Guellerin, veuve de Gabriel Martin,

» nous a fait remontrer que par nos Let-
» tres du 20 Octobre 1690. Nous
» avions permis à l'Auteur du Livre qui
» a pour titre : *Avis important aux Re-*
» *fugiés sur leur prochain retour en France,*
» de faire imprimer, vendre & débiter
» ledit Ouvrage par tout notre Royau-
» me, pendant le tems & espace de dix
» années ; mais qu'ayant affecté de de-
» meurer inconnu au Public, il avoit
» fait difficulté de laisser enregistrer sur
» les Registres de la Communauté des
» Libraires ledit Privilege expédié en
» son nom, ce qui avec la maladie & la
» mort dudit Gabriel Martin, avoit in-
» terrompu l'impression dudit Ouvrage
» déja commencée, & la retarderoit
» encore, s'il ne Nous plaisoit en consé-
» quence du Traité fait avec ledit Au-
» teur & de son consentement, faire
» mettre ledit Privilege au nom de l'ex-
» posante, &c. » On voit encore à la tête
de la même Edition un Avertissement
conçû à peu près dans les mêmes termes que la Lettre de Bayle au Pere de
la Chaise, & par lequel il paroît que
l'Auteur pour donner le change à ses
ennemis, vouloit toujours faire croire
qu'il étoit en France. Voici ce qu'on y
lit : » Comme cet Ouvrage a été impri-
„ mé

»imé dans les Pays Etrangers avec di-
» vers changemens contraires à l'inten-
» tion de l'Auteur, c'est ce qui oblige de
» le faire réimprimer en France en sa
» forme véritable & naturelle. L'Auteur
» proteste sincerement qu'il n'a aucun
» dessein que de faire son devoir, en fe-
» sant connoître à ceux à qui il prend in-
» térêt, certaines vérités importantes ,
» sur lesquelles on ne fait pas assez de
» réflexion. Il a si peu regardé la faveur
» de la Cour, qu'il a même évité d'en
» être connu , se cachant pour cette
» bonne action , avec autant de soin
» qu'on se cache pour les mauvaises. «

Dès le tems de l'Edition d'Amster-
dam, plusieurs Protestans ou Réformés
avoient entrepris de répondre à *l'Avis
aux Réfugiés.* Abadie, Larrey, & M. de
Bauval, l'avoient réfuté, les deux premiers dans des Ouvrages composés
exprès ; le troisiéme, dans son Journal
du mois de Février mil six cens quatre-
vingt-dix (a). Bayle fit plus. Comme
Jurieu s'obstinoit toujours à le faire
Auteur de cet Ouvrage, malgré son dé-
saveu formel, malgré tous les ressorts

____

(a) Histoire des Ouvrages des Savans, mois de
Février 1690, Article X.

que M. de Bauval, & ſes autres amis
avoient fait agir pour confirmer ce dé-
ſaveu, & détruire l'accuſation (*a*), il

(*a*) M. de Bauval dans ſon Journal du mois de
Mai 1690. donna l'extrait ſuivant d'une Lettre,
qu'il dit lui avoir été écrite de Paris : „ Je vous
„ avoüerai (diſoit l'Auteur de cette Lettre) que
„ j'ai été ſurpris de voir mon Ouvrage public ; je
„ ne l'avois point confié à mon ami dans ce deſſein-
„ là. Sur-tout il y a certains endroits que je ne
„ puis approuver. Ce ſont ceux où il eſt parlé de
„ la maniere dont on vous a traité en France. Vous
„ jugez bien, que quand je penſerois ce *qu'il me*
„ *fait dire*, je n'aurois pas eu l'imprudence, au mi-
„ lieu de Paris, de débiter de pareilles choſes. Je
„ vous l'enverrai peut-être bientôt réimprimé avec
„ les changemens néceſſaires ". Au mois de Fé-
1691. il donna encore celui-ci. „ On réimprime
„ actuellement ici l'*Avis aux Réfugiés*, avec Privi-
„ lége du Roi. L'Auteur qui s'étoit tenu clos &
„ couvert à cauſe des diverſes choſes qui ne pou-
„ voient qu'irriter M. l'Archevêque de Paris & le
„ P. de la Chaiſe, a trouvé moyen de faire ſa paix
„ en ajoutant ou diminuant ce qui pouvoit leur
„ déplaire. " C'étoient la Préface & les endroits
où le Pape étoit maltraité. Jurieu prétendit que
ces Lettres étoient ſuppoſées, & qu'il y avoit de la
connivence entre M. Bayle & M de Bauval, & il
appelloit cette intrigue, la *Comédie de Paris*. Mais
les Lettres pouvoient avoir été réellement écrites
de Paris, & même par M. de Larroque qui y réſi-
doit alors ; & c'eſt pour cela, ſans doute, que M.
de Bauval, qui étoit peut-être dans la bonne foy,
offrit à Jurieu de les remettre à des Arbitres pour
juger ſi elles étoient ſuppoſées ou non.

entreprit de le réfuter, affûré qu'il se te-
noit de la difcrétion de M. de Larroque. Cette réfutation n'eut pas cependant lieu, Bayle ayant été obligé de
l'abandonner pour travailler à fe juftifier des autres accufations dont on le
chargeoit, accufations qui étoient beaucoup plus graves & plus importantes :
& au lieu de cet Ouvrage, il donna dans
fon Livre intitulé *la Cabale chimérique* ,
un projet de réponfe où il prétendit dé-
montrer que tous les caractéres auf-
quels Jurieu avoit cru le reconnoître
pour Auteur de l'*Avis aux Réfugiés* , for-
moient en fa faveur des préfomptions
beaucoup plus fortes que ce qu'on avoit
allegué contre lui. Mais toutes ces pré-
tenduës démonftrations étoient trop
foibles pour perfuader le Public. Jurieu
ne fut pas le feul qui en jugea ainfi. La
plûpart des amis mêmes de Bayle ne
purent s'empêcher d'en convenir ; &
ce fut une queftion qui refta toûjours
indécife entre lui & fon Adverfaire, de
favoir fi l'*Avis aux Réfugiés* étoit fon
Ouvrage , ou s'il ne l'étoit point.

Les jugemens n'étoient pas moins
partagés dans toute la République des
Lettres, fur l'Auteur de l'Ecrit célébre
dont il s'agit. Plufieurs le donnerent à

M. Pelliſſon. De ce nombre furent entr'autres M. Wellewood, célébre Méde-
cin de Londres, qui publioit alors un
Ouvrage périodique, ſous le titre d'*Ob-*
ſervateur (a), & M. de la Baſtide, ancien
ami de M. Pelliſſon, avec qui il avoit
été Commis de M Fouquet. Comme M.
de la Baſtide ſe flattoit de connoître le
tour d'eſprit, & les expreſſions favori-
tes de Pelliſſon, il crut remarquer une
grande conformité entre les Ouvrages
de cet Académicien, & l'*Avis aux Réfu-*
giés; & même pour prouver cette conformité, il fit une Diſſertation, mais
qu'il ne publia qu'après la mort de ſon
ami (*b*). » Je me ſuis propoſé(y dit-il),
» de mettre ici ſur le papier diverſes ob-
» ſervations générales & particulieres,

<hr/>

(*a*) M. Wellewood dit dans ſa Feuille du 22. Août
1690. qu'il pouvoit même aſſûrer ſon Lecteur, que
l'Ouvrage avoit été fait en conſéquence d'un ordre
du Roi Louis XIV. & du Roi Jacques, porté à
l'Auteur par M. l'Archevêque de Paris. Le Miniſtre
Jurieu argua de faux cet Avis. L'Anglois pour ſe
juſtifier, produiſit une Lettre d'une Perſonne illuſtre qu'il avoit connuë à Paris, & qui ſoutenoit
que M. Pelliſſon, dont elle étoit amie, lui en avoit
fait l'aveu. Il ajouta à cela que c'étoit un ſentiment
univerſellement reçû à Paris

(*b*) Cette Diſſertation a été publiée dans le Recüeil de la Vie de Bayle, par M. des Maizeaux.

» qui toutes enfemble font connoître
» évidemment que c'eft en effet l'Au-
» teur des *Réflexions fur les différends de la*
» *Religion* (M. Pelliffon) qui l'eft auffi de
» *l'Avis aux Réfugiés* ; & que ce dernier
» Ecrit n'eft proprement qu'une fuite &
» comme un appendice de l'autre : on
» peut dire même qu'il commence à la
» fin du troifiéme volume des *Réflexions*,
» publié en 1689. fous le titre de *Chime-*
» *res de M. Jurieu.* On y trouve effective-
» ment le même goût, le même génie,
» & à peu près les mêmes Réflexions. «
Bayle dans une Lettre du 14. Octobre 1690. parlant à M. Conftant, fon
ami, des nouvelles Littéraires du tems,
& en particulier de *l'Avis aux Réfugiés*,
lui apprend que » la voix publique don-
» noit cet Ouvrage au *favant* M. de
» Larroque, fils du fameux Miniftre de
» Larroque « , quoique, felon vous,
perfonne n'eût dû pour lors avoir cette
idée, & que Bayle fût même obligé
d'en faire un myftére à fes plus intimes
amis, *pour ne point manquer au fecret qu'il*
avoit promis à M. de Larroque. Cette déclaration de Bayle a fait croire à M. des
Maizeaux, que Larroque étoit véritablement l'Auteur de *l'Avis aux Réfugiés* ;
& c'eft auffi fans doute fur le même fon-

dement que vous avez bâti votre sysé-
me. Quand M. des Maizeaux commença
en 1707. à travailler à la vie de Bayle,
(c'est lui-même qui nous l'apprend) il
pria M. Basnage de lui fournir quelques
éclaircissemens sur l'affaire de l'*Avis aux
Réfugiés*. Voici ce que M. Basnage ré-
pondit : « Puisque vous voulez que je
» vous parle avec une pleine confiance
» sur ce qui regarde M. Bayle, je ne crois
» point qu'on doive remuer l'affaire de
» l'*Avis aux Réfugiés*, Ce n'est pas que je
» le soupçonne d'en être l'Auteur, je
» n'ai point abandonné ma premiere
» conjecture, c'est que le Manuscrit lui
» en avoit été confié. Il le fit imprimer,
» & il y ajouta une Préface & quelques
» traits de sa main (*a*) . M. Hartsoeker
» m'a confirmé dans ma conjecture ,
» parce qu'il m'a assûré que M. de Lar-
» roque étant prisonnier à Paris , citoit
» souvent cet Ouvrage , comme une
» production qui lui appartenoit ; mais

(*a*) Quand même les conjectures de M. Basnage
auroient été bien vraies , M. l'Abbé d'Olivet n'en
pourroit rien conclure en faveur du sieur Larroque.
Au contraire , ce seroit un argument qui tourneroit
contre lui. Car on pourroit dire , que si l'*Avis aux
Réfugiés* fut un bon Ouvrage , c'est que M. Bayle
y avoit mis la main.

» comme c'eſt un ſujet odieux (a), il
» vaut mieux le laiſſer tomber, que de
» faire criailler de nouveau ſes enne-
» mis. « Quelque tems après le même M.
Baſnage lui envoya un ſecond Mémoire encore plus étendu que le premier.
On y liſoit entr'autres choſes ces paroles: » J'ai toujours cru & je crois encore,
» que M. Bayle étoit l'Auteur de la Pré-
» face, & que le Manuſcrit lui en avoit
» été confié par M. de Larroque, qui
» changea peu de tems après de reli-
» gion, & qui a toujours réclamé cet Ou-
» vrage comme ſien. C'eſt-là, ſi je ne me
» trompe, tout le myſtere qui a rendu
» les défenſes de M. Bayle ſi foibles. Il
» n'oſoit dire ce qu'il penſoit du Livre,
» ni de l'Auteur, qui a toujours été ſon
» ami. «

» M. Bayle a toujours proteſté à ceux
» qui étoient le plus avant dans ſa con-
» fidence, que le Livre n'étoit point de
» lui (dit M. de Bauval dans l'éloge de
» Bayle) ainſi il faut l'effacer du catalo-
» gue de ſes Ouvrages ; du moins cela

(a) M. Baſnage parle ici en bon Proteſtant.
L'Avis aux Réfugiés lui paroiſſoit un Sujet odieux,
parce qu'il étoit écrit contre les Réformés, & que
l'Auteur de cet Ouvrage leur diſoit leurs vérités
d'une maniere trop frapante.

C iiij

» suffit pour ne le point alléguer en
» preuve contre lui. Et puisqu'il l'a
» constamment nié, l'équité ne permet
» point qu'on le cite en témoignage,
» pour noircir sa mémoire. « M. des
Maizeaux trouve ces raisons décisives, &
prévenu des mêmes idées que les autres
Protestans, amis de Bayle, c'est à dire,
que cet Ecrivain n'a jamais pu chercher
à flétrir tout le corps des Réfugiés, lui
qui l'avoit si bien défendu dans tous ses
autres Ouvrages, il prononce confor-
mément à la décision de M. de Bauval.
Mais l'un & l'autre jugement n'est ap-
puyé que sur des conjectures, sur des pré-
somptions. Or des conjectures, des pré-
somptions, peuvent elles détruire un fait
aussi positif que l'aveu par écrit de Bayle
au Pere de la Chaise, & celui de Larroque au Pere Vitri ? Peuvent-elles détruire une preuve que M. des Maizeaux
rapporte lui-même, & qui renverse
toutes les conjectures du monde ? La
voici cette preuve.

Vie de M.
Bayle.

» On attribuë (dit il) à M. Bayle l'Ou-
» vrage dont il s'agit sur le témoignage
» du Sr Moërjens qui l'a imprimé. (a)
» On assûre que ce Libraire a dit à

(a) Cette Edition est celle de la Haye, que Bayle
fit faire furtivement, & dont il a été parlé plus
haut. Elle est peu différente de celle de Paris.

» plufieurs perfonnes que M. Bayle en
» étoit l'Auteur ; pour moi ayant appris
» que M. Loüis, qui en a corrigé les
» épreuves, confirmoit le rapport du
» Sieur Moëtjens, je l'ai prié de me don-
» ner là deffus quelques éclairciffemens.
» Il n'a pas trouvé à propos de me ré-
» pondre ; mais il a dit de bouche à une
» perfonne qui ne fe diftingue pas
» moins par fon mérite, que par fes Ou-
» vrages, & qui avoit eu la bonté de lui
» rendre ma Lettre, *qu'il connoiffoit l'écri-*
» *ture de M. Bayle, avant que de corriger cet*
» *Ouvrage, & que depuis ce tems-là il avoit*
» *eu diverfes occafions de la connoître parfai-*
» *tement, que tout le Manufcrit d'un bout à*
» *l'autre étoit de la main de M. Bayle (a), &*
» *qu'il en confervoit un morceau qu'il avoit ar-*
» *raché du Manufcrit, avant que de le rendre*
» *au Sr. Moëtjens.* « Rien de plus pofitif,
rien de plus convainquant que ce rapport.
Et n'a-t'on pas lieu de s'étonner qu'un
homme auffi exact, auffi amareur du vrai
que M. des Maizeaux, qu'un critique tel
que vous, donne encore la préférence à
des conjectures, à des préfomptions ?

(a) Je ne crois pas qu'aucun homme de bon fens
penfe que M. Bayle ait jamais été le Copifte de
quelque Ecrivain que ce fût, & encore moins de
Larroque.

Que M. Bafnage, que M. de Bauval fon frere, tous deux intimes amis de Bayle, ayent *toujours cru qu'il n'étoit point Auteur* du Livre dont il s'agit; Que Bayle même l'ait toûjours *protefté à ceux qui étoient le plus avant dans fa confidence*, cela ne m'étonne point; au contraire je ne trouve rien que de raifonnable, de fage, de prudent dans cette conduite. Jamais ni Bafnage, ni Bauval ne furent ce qui s'étoit paffé entre Bayle & le Pere de la Chaife. Jamais Bayle ne leur découvrit fon fecret; & il ne le devoit pas, quelque confiance qu'il eût en eux, quelque tendre amitié qu'ils euffent pour lui. Car comme il connoiffoit leur attachement fincere pour la Religion qu'ils profeffoient, il auroit perdu leur eftime & leur amitié; tous moderés qu'ils fuffent, ils feroient devenus fes ennemis, s'ils avoient fçu qu'il eût jamais eu la penfée de retourner à la Communion de l'Eglife Catholique. Le moindre foupçon d'un changement qu'ils auroient regardé comme une feconde Apoftafië, l'auroit fait paffer dans leur efprit pour un homme fans religion, reproche que Jurieu lui avoit fait tant de fois, dont fes amis avoient toujours tâché de le fauver, & qui par-là n'auroit été que

trop réalisé. Et en perdant l'eſtime de ces
deux freres que toute l'Europe reſpec-
toit , il auroit perdu juſqu'au dernier
de ſes amis ; il ſe feroit attiré ſur les bras
tous les Réformés , ou Proteſtans ,
& ſe feroit vû abandonné de tout le
monde en Hollande , ſans en être plus
aſſûré de trouver une retraite en France,
où depuis long-tems il avoit ſes ennemis comme ſes partiſans, & où pluſieurs
l'accuſoient déja de Pirrhoniſme.

Voilà, Monſieur, tout le myſtere, que
ni Jurieu ni aucun Proteſtant, ne pénétra
jamais ; parce que Bayle avoit intérêt de
le leur cacher. Voilà tout le *ſecret* que ,
ſelon vous , Bayle *garda inviolablement à
ſon ami* , M. de Larroque. Ce que je dis
ici , eſt fondé ſur des preuves auſquel-
les il n'y a , ce me ſemble , rien à
répondre ; mais quand même nous ne
les aurions pas, ces preuves , il ſuffiroit
de raiſonner , pour voir que vous vous
êtes trompé, en attribuant à Larroque
l'*Avis aux Réfugiés.* Sans dire que le ſtyle
vif, correct, véhément de cet Ecrit, (*a*)
eſt tout différent de celui des Ou-

(*a*) M. des Maizeaux prétend que ceux qui ont
attribué à Bayle l'*Avis aux Réfugiés* , parce qu'ils
ont cru y reconnoître ſon ſtyle , ſe ſont trompés , &
que c'eſt juſtement ce qui auroit dû leur faire juger

vrages de votreHéros;ni qu'on y recon-
noît tout le génie & tout le feu de Bayle , quoiqu'en dife M. des Maizeaux *(a)*;
que les railleries qu'y fait l'Auteur
fur les prétendus prodiges dont les efprits étoient alors occupés, ont un je ne
fai quel goût , un je ne fai quel caractere , qui eft en quelque forté particulier à l'Adverfaire de Jurieu ; enfin
que dans tout cet Ouvrage les matieres
font infiniment plus ornées & plus atta-
chantes que dans aucun Ecrit de Larroque , eft il croyable qu'un Ecrivain tel
que Bayle eût jamais voulu adopter
l'Ouvrage d'un autre ? Et même étoit-
il homme à fe prêter à un pareil dégui-

qu'il n'en étoit pas l'Auteur ; que fi cela étoit , il
auroit déguifé fon ftyle. Mais un Auteur peut-il fi
bien déguifer fon ftyle , que le même génie ne pa-
roîffe ? Et fuppofé qu'il le puiffe , au bout de quelques pages il lui échappe toujours quelque chofe
qui le trahit.

(a) M. des Maizeaux dit que le ftyle de l'*Avis
aux Réfugiés* lui paroît fort différent de celui des
autres Ouvrages de Bayle, qu'il eft plus pur, plus
coulant, plus régulier. Quand même on lui accor-
deroit , pour un moment , cette fuppofition, on en
pourroit tirer une conféquence peu favorable au
fyftême de M. l'Abbé d'Olivet , mais toute naturelle, c'est que l'Ouvrage n'eft point de Larroque ,
Ecrivain mille fois inférieur à Bayle , ce que je ne
crois pas que M. l'Abbé d'Olivet ofe jamais nier.

fement ? De plus, aucun des caracte-
res qui peuvent défigner l'Auteur de
l'*Avis aux Réfugiés*, ne convient à Larroque, & je le démontre par vos propres paroles.

:Selon vous, Larroque » compofa cet Dern. Let pag. 1.
» Ouvrage avant que d'être tout-a-fait
» déterminé à fe faire Catholique , &
» dans le deffein d'ouvrir les yeux aux
» Réfugiés , qui ne ceffoient d'invecti-
» ver contre le Roy & contre la France,
», ce qu'il ne pouvoit approuver. « Il fit
un voyage à la Cour d'Hannover. Le
Livre fut imprimé pendant fon abfen-
ce, & à fon retour il apprit que » M.
» l'Archevêque de Paris & le Pere *Ibid.* pag. 2.
» de la Chaife , étoient indignés du
» nouvel Ouvrage, dont l'Auteur , fi
» ce n'étoit pas un Proteftant déguifé,
» leur paroiffoit un fort mauvais Ca-
» tholique ; puifqu'il traitoit de perfé-
» cuteurs , ou peu s'en faut, les Minif-
» du Roy. « Je dois d'abord vous faire
obferver, Monfieur, que faute d'avoir
diftingué, autant qu'il eft néceffaire, les
deux Éditions de l'*Avis aux Réfugiés*, l'u-
ne faite en Hollande à *l'infçu de l'Auteur, & avec divers changemens contraires à
fon intention* , l'autre faite en France *dans
fa forme véritable & naturelle*, & à peu près

la même que celle de la Haye, vous fem-
blez nous repreſenter en général cet
Ecrit célébre comme un Ouvrage où
l'on ſoutient, & où l'on combat égale-
lement tantôt la vérité, tantôt l'erreur,
où l'on veut plaire au Roy, & où il eſt
en même tems injurié. Secondement
j'oſe vous dire qu'il y a dans vos paroles une contradiction qui démontre
évidemment le faux du ſyſtéme que
vous avez ſuivi. (a) En effet, pour
nous en tenir au deſſein qui, ſelon vous,
porta Larroque à écrire, & aux diſpo-
ſitions dans leſquelles il écrivit, eût-ce
été marquer aucun penchant pour la foi
de l'Egliſe, que de compoſer un Ouvrage dont l'Auteur fût regardé, ſinon,
comme un Proteſtant déguiſé, du moins
comme un fort mauvais Catholique? Eût-ce
été prendre les moyens *d'ouvrir les yeux*
aux Réfugiés, & de faire ceſſer leurs plaintes
& leurs invectives contre la France, que de
traiter de perſécuteurs, ou peu s'en faut, les
Miniſtres du Roy? Si l'Auteur eut deſſein
d'ouvrir les yeux aux Réfugiés, s'il l'éxecuta,

_____

(a) M. l'Abbé d'Olivet a fondé apparemment ſes
Anecdotes ſur les Lettres inſérées dans le Journal
de M. de Bauval ; mais il auroit pû remarquer
que ces Lettres ſont des pieces que Bayle fit faire
pour tromper ſes ennemis.

ce deffein, comment put-il gliffer dans
fon ouvrage quelque chofe qui donnât
lieu à M. l'Archevêque de Paris, & au
Pere de la Chaife, *d'être indignés* contre
lui, & de foupçonner fa Religion ? En
même tems s'ils avoient raifon de juger
ainfi, comment l'Ouvrage put-il fervir de prétexte à l'horrible guerre de
Jurieu contre Bayle ? Larroque étoit
donc tout à la fois Catholique & Proteftant, difons mieux, un homme qui
ne mettoit fur le papier que ce que lui
dictoit une imagination déréglée. C'eft
la conféquence qui fe tire naturellement
de vos paroles. Or pour éviter cette
contradiction, que ne nous difiez-vous
au moins que Bayle, avant que de mettre
l'Ouvrage fous preffe, y avoit fait divers changemens contraires au deffein
de l'Auteur, & que ce fut dans ces changemens que M. l'Archevêque de Paris
& le Pere de la Chaife, trouverent de
quoi être indignés contre l'Auteur.

Mais, Monfieur, c'eft une fauffe
anedocte que cette indignation de M.
l'Archevêque de Paris & du Pere de la
Chaife : Il n'en eft rien, non plus que de
cette fierté, qui felon vous, *ne confeilla pas à*
M. de Larroque, de rifquer un éclairciffement
avec ces deux puiffances. L'indignation de

ces *deux puiſſances* auroit été tout au plus
de ſaiſon du tems de l'Edition d'Amſterdam. (Encore M. l'Archevêque de Paris
& le Pere de la Chaiſe étoient-ils trop
équitables pour faire ſubir à quelqu'un
la peine dûë à la faute d'un autre). Mais
dès que le deſſein de l'Ouvrage eſt bon,
dès qu'il eſt exécuté, comme dans
l'Edition de Paris, l'indignation *des
puiſſances* n'a plus lieu. Et en effet ſi les
les puiſſances furent offenſées de l'Ouvrage, pour quoi ne le ſupprimerent-elles
pas, & comment a-t'il été imprimé à
Paris avec un double Privilege ? Je vous
défie de répondre à cette queſtion, &
d'ajuſter votre Roman chimérique à la
réalité des faits que je vous oppoſe.

De plus, je ne vois pas quand Larroque peut avoir fait l'Ouvrage dont il
s'agit, ni quand il a pu le confier à
Bayle. Larroque ſortit de France en
1686. Il voyagea en Angleterre, en
Allemagne & en Danemarck. Appellé
à la Cour d'Hanover, il y fit, ſelon vous,
un ſéjour de neuf mois; après quoi il repaſſa
en Hollande, & de-là en France, où
de l'aveu de M. des Maizeaux, il arriva
un mois ou ſix ſemaines après la publication de l'*Avis aux Réfugiés*, c'eſt-à-dire,
ſur la fin du mois de Février, ou au commencement

*Vie de Bay-
le, par M.
des Mai-
zeaux.*

mencement de Mars 1690. (*a*) Or
pour qu'il ait fait à la Cour d'Hannover
un *séjour de neuf mois*, il faut qu'il s'y foit
rendu au plûtard fur la fin d'Avril 1689.
D'un autre côté, le Livre ne peut avoir
été compofé que dans les deux derniers
mois de la même année 1689. puifqu'on y parle de plufieurs évenemens
de la Campagne, & de divers prodiges
arrivés dans le cours de Septembre, &
même d'Octobre. Larroque n'a donc pu,
comme vous le dites, *confier fon Manufcrit
à M. Bayle* avant fon départ. Vous ne me
répondrez point qu'il a pû faire l'Ouvrage étant à la Cour d'Hannover ; car il
n'eft pas vraifemblable que dans une
Cour ennemie de Louis XIV. il ait pen-
fé à louer ce Prince. Ainfi que devient
votre Anecdote ?

    Enfin l'Auteur de *l'Avis aux Réfugiés*,   *Avertiff.*
déclare " qu'il a fi peu regardé la faveur *de l'Edit.*
" de la Cour, qu'il a même évité d'en *de Paris.*
" être connu, fe cachant pour cette

_____

(*a*) M. des Maizeaux dit que l'*Avis aux Réfugiés*
parut au mois d'Avril 1690, & que Larroque revint
en France fix femaines après, c'eft-à-dire, *vers le
mois de Juin.* C'eft une double faute. M de Bauval
parla de l'*Avis aux Réfugiés* dans fon Journal du
mois de Février 1690. il falloit bien que cet Ouvrage eût été pour lors publié.

» bonne action avec autant de foin ;
» qu'on fe cache pour les mauvaifes, «
ce qui ne peut convenir à Larroque.
En effet, qu'elle raifon auroit-il euë de
fe cacher ? Le Livre fut agréable à la
Cour. On le crut très propre à foumet-
tre les Proteftans aux ordres du Roy.
Larroque n'avoit pour tout bien qu'une
penfion modique en qualité de nouveau
converti. Loin d'avoir à craindre, il ne
couroit rifque que d'être récompenfé. Il
s'eft même trouvé dans une fituation
où il pouvoit citer utilement fon Ouvrage, où la Cour même s'en feroit
fouvenuë comme *d'une bonne action*, je
veux dire lors de fa difgrace & de fa prifon à Paris & à Saumur. Si dans ces cir-
conftances il ne s'eft point fait un mérite de *l'Avis aux Réfugiés*, c'eft que l'Ouvrage ne lui appartenoit point, c'eft que
le Pere de la Chaife, & le Roy même,
lui auroient donné le démenti. Ce que
vous appellez un *éclairciffement*, auroit
été un trait d'impudence, & j'avouë
qu'il a fort bien fait de ne l'avoir point
rifqué.

Quant à ce que Larroque, foit du vi-
vant de Bayle, foit depuis fa mort, a
toûjours cité en public *l'Avis aux Réfu-*
giés, comme une production qui lui ap-

partenoit , c'eſt une foible objection
qu'il m'eſt facile de détruire. Tant que
Bayle à vécu, Larroque a dû s'attribuer
l'Ouvrage , & cela pour ſatisfaire aux
intentions & aux deſirs de Bayle
qui l'avoit prié , comme on l'a vû ci-
deſſus , non-ſeulement *de s'en dire l'Au-*
teur , mais même *de faire enforte que le pu-*
blic le crût. Bayle ne l'a jamais dédit , &
il y étoit intéreſſé : car ſans compter que
par-là ſes négociations avec le Pere
de la Chaiſe , auroient été découvertes,
ce qui le perdoit infailliblement , il
ne pouvoit pas avec honneur revendi-
quer un Ouvrage qu'il avoit entrepris
de réfuter ; & c'eſt pourquoi il l'a déſa-
voüé conſtamment.

Depuis la mort de Bayle , Larroque
auroit pû ſans aucun obſtacle découvrir le myſtere ; s'il ne l'a point fait , les
Proteſtans qui regardent *l'Avis aux Ré-*
fugiés comme *un ſujet odieux* , le loüeront,
s'ils veulent , *de n'avoir point noirci la mé-*
moire de ſon ami ; j'y conſens , mais je
ne conclus point de-là que cet Ouvrage
ſoit réellement une de ſes Productions,
ainſi que vous le ſoûtenez. Et en effet ſi
ce que vous dites eût été vrai , Larroque auroit-il ſouffert patiemment que
Monſieur de la Baſtide lui ôtât ſon Ou-

vrage pour le donner à un autre Auteur
qui n'en avoit point voulu ? N'auroit-i
pas pris la plume pour défendre sa réputation , que le Differtateur attaquoit
violemment ? On n'a point à me répondre qu'il a ignoré le fait. La Differtation
de M. de la Baftide a été entre les mains
de tout le monde. Outre cela comme
Larroque a été connu pour un homme
avantageux, fon témoignage eft fufpect
& ne prouve rien. On s'étonne même
que vous cherchiez tant à le faire valoir.
Vous favez bien , Monfieur l'Abbé ,
qu'il n'eft pas impoffible de trouver des
efprits ftériles & vains, qui s'attribuent
des Ouvrages qu'ils n'ont point faits.
Vous avez donc eu tort (& c'eft par où
je conclus) de prononcer auffi affirmativement que vous le faites : *Oüi, Monfieur , il eft certain que* l'Avis aux Réfugiés
eft de M. de Larroque , &c. (a) Non-

(a) Larrey qui , felon le témoignage de M. des
Maizeaux, avoit bien examiné l'*Avis aux Réfugiés,*
& qui étoit très-porté à le donner à Bayle , mais
qui n'avoit pour cela que des conjectures , des préfomptions , des raifons de convenance, n'a pas ofé
prononcer auffi affirmativement, que M. l'Abbé
d'Olivet fait en faveur de Larroque. ,, Pour moi
,, (difoit-il) je ne me fens ni affez perfuadé pour en-
,, treprendre de perfuader les autres , ni affez hardi
,, pour décider fur un fait problématique. ''

Teulement il n'eft pas *certain* que l'Ouvrage dont il s'agit, foit de Larroque ;
au contraire il eft *certain* qu'il n'en eft
point, comme je me flatte de l'avoir
fuffifamment démontré.

2°. Larroque ne fut jamais qu'un Auteur,
je ne dis pas feulement médiocre, mais
très mauvais, & par conféquent inca-
pable de produire un Ouvrage auffi excellent que *l'Avis aux Réfugiés.* Quoiqu'il
réünit *la vivacité d'un Gafcon, avec la droitu-* Dern. Let.
re d'un Breton, & cela, fuivant votre fine ré- pag. 6.
flexion, pour être *né à Vitré* en Bretagne,
& avoir eu un *Pere & une mere origi*
naires de Leyrac en Gafcogne ; Quoiqu'il
eût *appris parfaitement le Grec & le Latin,*
& qu'il fe fût *orné l'efprit dans l'antiquité*
facrée & prophane, fous les yeux de fon
pere, qui fut veritablement l'un des
plus doctes Calviniftes du fiecle paffé,
jamais il ne fut écrire. Il eft facile de
s'en convaincre par la vûë des Ouvrages mêmes que vous indiquez.

Bayle dans fes *Nouvelles de la Républi-*
que des Lettres, mois de Mars 1684. après
avoir fait un bel Eloge du célébre Miniftre Mathieu de Larroque (*a*), pere
de celui dont il eft queftion, annonce

(a) Mort à Roüen le 31, Janvier de la même
année.

en termes très flateurs , les Ouvrages
que le fils méditoit de donner au Public.
C'étoit un Recüeil de tous les sujets de
Differtation qu'il avoit trouvés dans
l'hiftoire des trois cens cinquante premieres années de l'Eglife. L'Auteur devoit traiter 1. de la Legion foudroyante,
de Legione fulminatrice. 2. de l'origine de la
Tonfure des Ecclefiaftiques. 3. du tems
où a commencé à s'établir dans l'Eglife
d'Occident , cette façon de parler :
*Evêque par la grace de Dieu, & du Saint
Siége Apoftolique.* 4. de la pluralité des
Bénéfices (*a*) , &c. & il vouloit les
mettre en latin en faveur des Etrangers; mais il ne paroît pas qu'il ait executé fon deffein; car de tous ces morceaux qui auroient été fans doute inté-
reffans , nous n'avons que le premier
tel que vous le marquez (*b*). De ce
nombre étoit auffi apparemment *le Pro-
félyte abufé*, pour lequel vous renvoyez
aux *Nouvelles de la République des Lettres,
mois de Mars* 1684. & que je n'ai trouvé
dans aucune des différentes Editions de

(*a*) *De tempore quo obtinere cœpit in Ecclefia Occi-
dentali hæc loquendi formula:* Epifcopus, Dei gratiâ,
& Sedis Apoftolicæ. *De pluralitate Beneficiorum.*
 (*b*) *Mathæi Larroquani ... Opus pofthumum.
Acceffit Diatriba de Legione &c.* pag. 7, & 8.

de ce Journal ; en quoi je foutiens que
vous vous étes encore trompé.

La vie de Mahemet, traduite de l'Anglois de Prideaux, *les vèritables motifs de la
converfion de M. l'Abbé de la Trappe, & la
vie de Mézeray,* font trois Ouvrages
écrits d'un ftyle qui juftifie ce que j'ai
avancé. Vous avez vous-même parlé
du dernier comme *d'un Roman fatirique,*
qui ne mérite que d'être décrié. Il
eft vray que vous l'excufez en quelque forte dans votre derniere Lettre,
en ne nous donnant cet Ouvrage de
Larroque, que pour une ébauche *de fa
premiere jeuneffe* ; mais fi Larroque étoit
jeune, quand il le fit, il ne l'étoit plus en
1726. quand il le mit au jour. Il devoit
avoir alors du difcernement. Un Auteur
attentif à fa réputation, fe hazarde-t'il
inconfidérément de publier un Ouvrage capable de la flétrir. Une marque
que Larroque croyoit fon Ouvrage
bon, c'èft que cet ami, qui de votre
aveu étoit auffi *peu fait à recevoir de
grandes loüanges,* que vous *à en donner* (a),

*Hift. de
l'Academ.
Edit. in-12
pag. 203.*

(a) M. l'Abbé d'Olivet n'a pas vû, qu'en voulant
éléver fon Ami, il le déprimoit lui-même, en difant, que Larroque *étoit peu fait à recevoir de grandes loüanges.* Car l'idée que prefentent naturellement ces paroles, c'eft de croire, que jamais Larroque ne fit rien qui méritât de grandes loüanges.

fut extrémement fenſible à votre Criti-
Dern. Let.
Pag. 12. que. On en juge ainſi par *l'embarras* qu'il
fit paroître, & que vous *partageâtes* dans
la ſcene admirable qui ſe paſſa entre
vous & lui, lorſqu'il vous alla voir après
la publication de votre *Hiſtoire de l'Académie Françoiſe.* (a)

Les *nouvelles accuſations contre Varillas*,
marquent de l'érudition ; & en effet,
Larroque pouvoit en avoir acquis
ſous ſon pere (b), mais ce Livre eſt peu
propre à faire juger s'il écrivoit bien ;
au contraire certaines expreſſions baſſes
& triviales (telles qu'il en échappe aſſez
ſouvent à certain Auteur que vous ſavez) , font ſoupçonner que dès ſa jeu-
neſſe il n'eut pas beaucoup de diſpoſi-
tion pour l'art d'écrire, & qu'il étoit dès-
lors ce qu'il fut dans la ſuite, un Auteur
ſans goût & ſans délicateſſe. » Le ſtyle
» d'un Ecrivain ne change pas tellement
(dites-vous vous-même dans la Préface des *Oeuvres poſthumes de M. de
Maucroix*)

(a) *Vous auriez trop ri de voir aux priſes* deux
Amis (dit M. l'Abbé d'Olivet, pag. 12.) Si ce célébre Abbé eût été ainſi traité par quelque Journaliſte, je crois *qu'on n'auroit pas trop ri de* le voir *aux
priſes* avec lui.

(b) On a vû que Bayle dans une Lettre lui donne la qualité de *Savant.*

Maucroix) » que le même génie n'étin-
» celle toujours dans ſes premieres &
» dans ſes dernieres compoſitions. «
Quant au fond de l'ouvrage, j'ai oüi
dire à des perſonnes, dont les jugemens ont quelque autorité dans la République des Lettres , que ſi Varillas
n'avoit eu affaire à d'autre Critique
que Larroque , ſes erreurs ſeroient
peut-être encore aujourd'hui accrédi-
tées.

Une maladie ayant obligé M. Bayle
d'interrompre pendant quelques mois
ſes *Nouvelles de la République des Lettres,*
d'habiles gens y mirent la main, ſuivant
les termes de l'Avertiſſement du Libraire Desbordes ; mais on ne convient pas
que Larroque fut le ſeul ſur qui roula
ce travail *(a).* Quelle apparence en effet
que Bayle comptât aſſez ſur les lumieres d'un jeune homme, qui, ſelon votre calcul, n'avoit alors tout au plus
que vingt-cinq à vingt-ſix ans, pour en

Républ.
des Lettres
Mars 1687

(a) Larroque eſt le ſeul qui ſoit nommé dans la
Vie de Bayle , comme Auteur des *Nouvelles* du
mois de Mars , & des cinq mois ſuivans ; Mais il
eſt plus vrai-ſemblable qu'il ne fit que prêter ſon
nom aux habiles gens qui mirent la main à l'Ouvrage , & qui apparemment ne voulurent point ſe faire
connoître.

E

faire un Journaliste , & pour lui laisser
la liberté de publier ses Nouvelles, avant
que de les avoir lûes lui-même , comme
il arriva quelquefois (*a*). D'ailleurs ,
il ne faut que jetter les yeux sur ce que
vous attribuez à Larroque , pour sen-
tir la différence qu'il y a entre Bayle
& ceux qui suppléoient à son défaut (*b*).

*Les Anecdotes du Régne de Charles II. Roi
d'Angleterre*, Livre que personne n'a jamais vû, *que vous sachiez*, si ce n'est l'Abbé
Fraguier, loin d'être regardé *comme un
Ouvrage important pour la postérité*, fut,
selon toute apparence, jugé très peu de
chose, puisque Larroque ne l'a point
mis au jour. Il n'étoit point homme à
cacher *un Ouvrage important pour la postérité*, lui qui en avoit souvent publié de
très mauvais, & qui avoit crû s'en faire
honneur.

Dern. Let.
pag. 8.

(*a*) Voyez l'Avertissement de Bayle, Mars 1687
& suivans.

(*b*) Bayle se remit à l'Ouvrage au mois d'Août
1687. & le continua pendant quelque tems ; mais
après cela , il le quitta une seconde fois , & ce fut
J. Barrin , Ministre François Réfugié , qui suppléa
à son défaut. Le véritable Supplément aux *Nouvelles
de la République des Lettres* , est l'Ouvrage que M.
de Bauval publia dès le tems de la premiere inter-
ruption de Bayle , sous le titre d'*Histoire des Ouvrages des Savans.*

La brochure anonyme, imprimée en 1709. intitulée, *Remarques générales fur les Lettres, Mémoires & Négociations du Comte d'Eſtrades*, & dont l'exemplaire qui eſt à la Bibliotheque du Roi, porte, felon vous, qu'elle *fut attribuée au plus bel efprit & à la meilleure plume de l'Académie*, eſt un Ecrit ignoré, & qui a fans doute mérité de l'être (*a*). C'eſt une choſe ſi vraie, que l'illuſtre perſonne que vous avez ofé nommer, a été, dit-on, très offenſée de la liberté que vous avez priſe. De plus, parce que ce petit Ouvrage a été attribué à une excellente plume, s'enfuit-il pour cela qu'il ſoit bon ? Il arrive tous les jours qu'on attribue à d'excellens Ecrivains des Livres compoſés par des Auteurs fort médiocres ; mais ceux qui font ces attributions, font pour l'ordinaire des eſprits frivoles & ſuperficiels, fans goût & ſans critique. Les *Satyres fur le Mariage & contre les Gens d'Egliſe*, ont été attribuées à Defpréaux. Que de Pieces de Vers n'a-t-on pas auſſi données à l'Abbé de Chaulieu, à M. Rouſſeau, à M. de Voltaire ? Etoit-ce une conféquence que

(*a*) Le P. le Long ſe contente de le citer à la ſuite des *Mémoires du Comte d'Eſtrades*.

E ij

Dern. Let. pag. 11.

ces Piéces fuſſent bonnes ? Non, ſans doute. Avant que de conclure le mérite d'un Ouvrage de ce qu'il a été imputé à un bon Ecrivain, il faut ſavoir par qui l'imputation a été faite. Quoi, parce qu'il a plû à un nombre de ſots & d'ignorans de mettre un Ouvrage ſur le compte d'un bon Ecrivain, donc cet Ouvrage eſt bon. La conſéquence me paroît abſurde, c'eſt néanmoins la vôtre, Monſieur l'Abbé.

Au moins, dès que vous ne me dites point par qui le ſtyle de Larroque a été comparé à celui d'un grand & illuſtre Ecrivain, une pareille conformité, ne vous en déplaiſe, me ſemble fort douteuſe. Du reſte, il eſt inutile de s'épuiſer en conjectures ſur ce point, tandis que cette conformité ſe trouve abſolument démentie par la *Vie de Mahomet*, par celle *de Mezeray*, & par les autres rapſodies de de Larroque.

Mais d'ailleurs, eſt-il bien ſûr que la note que vous avez trouvée ſur l'exemplaire de la Bibliotheque du Roi, vienne d'une bonne main ? Eſt-il bien ſûr qu'elle ſoit conforme au jugement que l'on porta de l'Ouvrage dans le tems qu'il parut. Voilà encore ce qu'il falloit examiner avant que de prononcer, com-

me vous avez ofé faire. Rien donc de
plus frivole que cette queſtion que vous
faites: » Un homme dont quelques Ou- Dern. Let.
» vrages furent attribués ou à M. Peliſ- pag. 13.
» ſon, ou à M. le Cardinal de Polignac,
» écrivoit-il très-mal?

3°. J'ai dit que vous ne me paroiſſiez
pas inſtruit de la vie de votre ami M. de
Larroque, & je n'en veux pour preu- Dern. Let.
ve que le trait ſuivant: » Un autre pag. 8. &
9.
» Ouvrage, dites-vous, qui de la ma-
» niere dont on m'a parlé, n'étoit qu'un
» jeu d'eſprit. mais capable d'offenſer
» une perſonne toute puiſſante à la
» Cour, lui ſuſcita de fâcheuſes affaires«.
Aſſurément, Monſieur, ceux qui vous
ont parlé de cet Ouvrage, vous ont
trompé. Si vous aviez conſulté des perſonnes inſtruites, vous auriez appris qu'à
l'occaſion de la famine de 1693. Larroque mal payé de ſa petite penſion,
compoſa une Préface pour être miſe à
la tête d'un Libelle inſolent fait contre
Louis XIV. & dont on n'oſe même rapporter l'infâme titre, par reſpect pour la
mémoire de ce grand Roi. C'eſt là cet
Ouvrage que vous appellez *un jeu d'eſ-* Ibid.
prit, capable d'offenſer une perſonne toute
puiſſante à la Cour. C'eſt là cet ouvrage
qui ſuſcita de fâcheuſes affaires à Larro-

que, & qui caufa fa prifon.

Pour le refte de fa vie, je vous le paffe. Qu'*à vûe de pays* il foit mott à foixante-dix ans (*a*), ou qu'*à vûe de pays* il en eût quatre-vingt, c'eft une de ces véritez qui peuvent *demeurer lon-tems* dans le puits, fans que le Public y perde beaucoup. On peut dire feulement que fur les autres chofes dont vous parlez dans la premiere Partie de votre Lettre, vous avez pareillement jugé *à vûe de pays*, & que vous avez par conféquent pû juger fort témérairement. Par exemple, voub attaquez la réputation de Bayle ; vous décriez fon érudition ; vous allez même jufqu'à conter fes galanteries. Vous le tenez *pernicieux en matiere de Religion* ; ce qui eft vrai à l'égard des perfonnes peu inftruites & des efprits foibles.

A le prendre du côté de l'érudition, (ajoutez-vous) je crois, fi pourtant j'o- » fe prononcer là-deffus, qu'il ne mérite » pas, à beaucoup près, le rang où les » *demi-Savans* l'ont placé. « On avoue que quelquefois Bayle tire de mauvai-

Dern. Let. pag. 13.

Dern. Let. pag. 3.

Ibid.

(*a*) Phrafe de M. l'Abbé d'Olivet : ,, Je ne puis ,, vous dire au jufte quel âge il avoit, quand il mou- ,, rut ; mais *à vûë de pays*, il paffoit foixante & dix ,, ans, '' *Dern. Lettre*, 2. *Edit. pag.* 10.

fes conféquences des faits ; mais il faut
convenir en même tems que jamais
perfonne n'avoit tant lû , & que parcon-
féquent perfonne n'a jamais eu tant de
favoir ni d'érudition. C'eft ce que n'ont
pû lui contefter ceux mêmes qui ne l'ont
pas épargné fur bien des chofes. Pour
vous, Monfieur l'Abbé, vous en jugez
auffi hardiment que des vers de Racine.
Comme vous étes un Erudit complet,
vous favez le rang qui convient à cha-
que Savant. Quel avantage d'*avoir Ci-*
céron commenté dans fa tête ! On a le droit
de difcerner les *demi - Savans* en tout
genre.

Paffons à fes galanteries , & à la maniere enjoüée dont vous les racontez :
» Quand M. Bayle alla profeffer la Philo- Dern. Let.
» fophie à Sedan, il y fut fuivi par le jeune pag. 3. & 4.
» Marquis de Béringhen, fon Eléve (*a*),
» qui fut mis en penfion chez M. Ju-
» rieu...... Madame Jurieu , femme
» de beaucoup d'efprit.... & qui n'é-
» toit pas dépourvûë d'attraits , *goûta*
» *fort* M. Bayle âgé de 27. ans.........
» On fupprima en 1681. l'Académie de
» Sedan. Madame Jurieu fut *obligée* de

(*a*) Frére puîné de feuë Madame la Ducheffe de
la Force, & de M. de Béringhen Confeiller au Parlement, & tous trois Coufins de feu M le Premier.

E iiij

» fuivre fon mari hors du Royaume.
» Bayle auroit bien voulu fe fixer en
» France ; mais de beaux yeux furent les
» *controverfiftes* (*a*) , qui déterminérent ce
» Philofophe à quitter fa Patrie. Rotter-
» dam ne put voir lon - tems une fi *étroite*
» union fans en juger mal ; & l'on per-
» fuada enfin à M. Jurieu, que lui, qui
» voyoit tant de chofes dans l'Apoca-
« lypfe , ne voyoit pas ce qui fe paffoit
» dans fa maifon. «

Me feroit - il permis, Monfieur , de
vous demander fi c'eft ainfi que vous
travaillez , comme vous le dites , à *faire*
honneur aux Morts (*b*) ? En vérité cette
conduite a tout lieu d'étonner de votre
part, quand on fait avec quelle vivaci-
cité vous cenfurez vous-même, dans votre Hiftoire de l'Académie, les Ecrits où
ces fortes de perfonnalités fe trouvent.
Voici vos paroles :» Vous me parlez d'un
» homme de Lettres , parlez-moi donc
» de fes talens, parlez-moi de fes Ouvra-

Dern. Let.
pag. 13.

Art. Mé-
zerai, pag.
204.

(*a*) Que cela eft joli ! Que cela eft leger ! Si l'on
reproche à M. l'Abbé d'Oliver d'être lourd, affû-
rément on aura grand tort.
(*b*) M. l'Abbé d'Olivet dit dans fa Lettre : „ Je
» n'avois fait que des Traductions, & l'Hiftoire de
» l'Académie, c'eft-à-dire , *J'avois travaillé à faire*
» *honneur aux Morts*. " Dern. Lettre , pag. 13.

» ges, mais laiffez moi ignorer fes *foiblef-*
» *fes* , & à plus forte raifon fes vices....
» Tout ce qui ne peut tourner ni à la
» louange du Mort, ni à l'inftruction des
» Vivans, à quoi eft il bon ? «

Ibid. pag. 205.

Qui peut donc vous avoir porté à agir contre des principes auffi raifonnables ? Je le foupçonne. Vous ne vous étes point crû obligé d'avoir aucun ménagement pour des Perfonnes qui profeffoient une fauffe Réligion ? Mais fi quelque Proteftant , pour venger la mémoire de Jurieu & de Bayle, venoit à fon tour nous raconter les avantures galantes d'un Ecrivain Catholique , & qu'il y parlât des *beaux yeux de fa Maîtreffe,* que diriez-vous ? N'en feriez-vous pas fcandalifé ? Parce que Bayle & Jurieu font Proteftans , vous publiez contre eux & contre une Dame, des Anecdotes infamantes. C'eft avoir un double poids, une double mefure. Quelle juftice ! Quelle équité ! (*a*)

(*a*) M. l'Abbé d'Olivet a oublié qu'on pourroit rétorquer contre lui cette note qu'il a inférée contre Bayle dans fon *Hiftoire de l'Académie* , pag. 204? » Ne craignoit-il point la malédiction lancée dans » ces deux Vers du bon Amyot :

» *Maudit fois tu, qui vas fefant recueil*
» *Des maux de ceux qui giffent au cerceuil,*

58

Après ce que je viens de dire, il me
semble que votre défense du Sieur de
Larroque, ne tourne pas beaucoup à
votre gloire : vous n'auriez pas lieu d'ê-
Dern. Let.
pag. 23.
tre content de *la soirée que vous avez per-
due* à faire votre Lettre, si vous n'aviez
eu dessein que d'écrire pour lui. Mais
vous ne vous êtes pas borné à ce seul
point. Ce seroit une chose un peu nouvelle, que de vous voir faire une Brochure pour défendre quelqu'un. Vous
vouliez tomber sur M. l'Abbé D. F.
Votre dessein a paru dès la neuvième
page de votre Lettre, où vous dites que
l'Abbé Genest, ami de l'illustre & sa-
vante Abbesse de Fontévrauld, lui
ayant parlé avantageusement de M. de
Larroque, alors Prisonnier à Saumur,
elle demanda & obtint qu'il pût aller
jusqu'à son Abbaye. " Une si belle ame
" avoit compris (ajoutez - vous) qu'il
" falloit mettre de la différence entre
" un galant homme qui a le malheur de
" s'oublier une seule fois dans le cours
" de sa vie, & ces *misérables* qui n'ont
" ni goût ni talent que pour des *Li-*
" *belles*, & qui sont incapables de se cor-
" riger «. On a dit sur cela, que vous
étiez homme à traiter de *Libelles* toutes
les Critiques Littéraires, même les plus

polies , fur-tout quand elles vous con-
cernent. Mais ne femble-t'il pas auffi
que' vous ayez voulu faire une Satire
contre vous-même , puifque vous avez
jufqu'ici publié quatre *miférables Libelles*
bien conditionnés ?

Je n'entreprens point ici de juftifier
M. L. D. F. Il n'y a jamais eu entre lui
& moi aucune liaifon particuliere pour
m'engager à lui prêter ma plume ; &
d'ailleurs il eft bien en état de fe défendre lui-même , fans avoir befoin de fecond. Permettez-moi cependant, Monfieur , de faire en paffant quelques légéres remarques fur ce que vous dites à
fon fujet.

1°. Vous mettez en doute fi l'*Hiftoire* Dern. Let.
Romaine , traduite de l'Anglois de Lau- pag. 12.
rent Echard , & publiée par M. L. D. F. 13.
eft de lui , ou fi elle n'eft pas plûtôt
celle que le Sieur de Larroque fit dans
fa prifon de Saumur. Le doute, que
vous voulez infpirer, auroit tout au plus
quelque apparence de fondement , fi
l'Ouvrage publié par M. L. D. F. étoit
une fimple Traduction ; mais j'ai confulté fur cela des Anglois, ils m'ont ré-
pondu qu'ayant comparé l'Ouvrage de
L. D. F. avec l'Original Anglois, ils y
avoient trouvé moins le fond du Livre

de leur Compatriote, qu'une imitation libre du même Ouvrage; & ce qu'ils m'ont dit, je vois que L. D. F. l'a imprimé plusieurs fois.

Il est vrai, dit-on, qu'en 1725. certains Libraires avoient depuis 40. ans entre les mains une Traduction de l'Anglois d'Echard, que Larroque avoit faite dans sa jeunesse, & que cette Traduction fut alors commmuniquée à l'Abbé D. F. qui, dans la Préface de la premiere Edition de son Ouvrage, avouë luimême en avoir profité. Mais si cette Traduction étoit à peu près la même que celle qui est attribuée à L. D. F. comment les Libraires avoient ils été assez imbéciles pour différer si lon-tems de la publier? Depuis 40. ans n'y avoit-il donc eu que cet Ecrivain capable de la mettre en état de paroître? Je conclus qu'on n'en pouvoit faire aucun usage; & que par conséquent celle qui a été publiée sous le nom de l'Abbé D. F. est un Ouvrage tout différent, qui ne ressemble pas plus à celui de Larroque, que vos Traductions de Cicéron, M. l'Abbé, ne ressemblent à celles de du Ryer, je ne dirai pas de Maucroix. Cependant il me paroît vraisemblable que le travail de Larroque a bien facilité celui de l'Abbé D. F. (je le prie de ne pas s'offenser de ce foupçon) mais à moins d'être aveugle & dépourvû de goût, on voit clairement que la Traduction imprimée de Laurent E-chard, ne peut être l ouvrage furanné d'un auffi foible Ecrivain que Larroque.

Vous prétendez que l'examen du ftyle ne peut contribuer à nous faire découvrir la vérité fur ce point. Eft-il poffible qu'un favant Critique comme vous, avance un paradoxe de cette efpece ? Eft-ce que l'examen du ftyle eft donc un moyen indifférent pour difcerner fi un Ouvrage doit être attribué à tel Auteur ? Pourquoi, par exemple, (pour ne point vous faire fortir de votre fphére) ôtez-vous à Cicéron certains Ouvrages que l'ignorance lui a donnés ? N'eft-ce pas l'infpection du ftyle qui vous guide dans ce jugement? D'où vient donc, dans le doute qu'il vous plaît d'avoir fur l'Hiftoire Romaine dont il s'agit, refufez-vous d'avoir égard au ftyle ? Manquez-vous de goût pour fentir la différence qu'il y a entre le ftyle toujours noble, toujours pur de cette Hiftoire Romaine, & le ftyle plat & mauffade des Oeuvres du Sr de

Larroque ? Si *la vérité*, par rapport à cet objet, eſt encore *dans le puits*, j'avouë que, comme vous le dites vous même, ce ne ſera pas vous qui l'*en tirerez*. Mais, ſans votre ſecours, les Lecteurs les moins éclairés ſeront toujours en état de le faire. Auſſi bien vos graves occupations donnent-elles lieu de croire que de vous les renvoyer, ce ſeroit, ſelon votre élégante expreſſion, leur donner *un billet payable aux Calendes Grecques.* Si par ces mots, *l'examen du ſtyle ne pouvant ſervir à nous découvrir la vérité, &c.* vous avez entendu l'inſpection du Manuſcrit, comme quelques-uns l'interprétent, il faut convenir, en ce cas, que vous vous étes exprimé bien improprement. Mais au défaut de ce Manuſcrit, n'a-t'on pas d'autres Ouvrages de Larroque que l'on peut comparer avec l'Hiſtoire Romaine ? Donnez-vous la peine de lire les *Vies de Mahomet & de Mézerai,* & vous verrez combien le ſtyle de votre Héros reſſemble peu à celui de M. l'Abbé D. F.

2°. Venons maintenant à l'Ouvrage Périodique intitulé, *Obſervations ſur les Ecrits modernes,* pour lequel vous témoignez tant de mépris, ſans vous mettre en peine de l'eſtime que le Pu-

Dern. Let. pag. 16.

blic paroît en faire, ni de l'utilité qu'il peut en retirer. Vous traitez de *Foux*, de *Sots*, de *Badauts*, d'*Ignorans* ceux qui l'achettent. Vous trouvez dans les Réflexions de l'Auteur *une grofsièreté qui révolteroit toute la terre , si ce qu'elles ont de cauftique ne leur fervoit de pafseport auprès de certaines gens.* Enfin vous regardez son Ouvrage comme *un impôt établi tout à la fois fur l'ignorance , fur la vanité & fur la malignité des hommes.* Je ne me charge point ici de la caufe du Public , pour qui vous avez manqué de refpect par ces paroles peu mefurées. Il y a lontems que vous & lui étes un peu en méfintelligence par rapport à vos Jugemens fur les Ouvrages Littéraires ; je veux feulement vous mettre en contradiction avec vous même fur le fait des *Obfervations.* On vous a oüi dire autrefois que vous fefiez grand cas de cet Ouvrage. J'ai fû que vous le portiez à l'Académie , & que dans le monde même vous parliez de l'Auteur avec beaucoup d'eftime. Il n'étoit point alors *un Capitan du Parnaffe.* Vous ne l'accufiez point d'*ignorance*, comme vous faites aujourd'hui fans raifon (*a*). Accordez-vous donc,

Dern. Let. pag. 19. 20.

Ibid. pag. 14.

Ibid. 20.

Ibid. pag. 14.

Ibid. pag. 16.

(*a*) M. l'Abbé d'Olivet accufe d'ignorance l'Obfervateur, prétendant que par le mot *Grammaticus*

s'il vous plaît , dans vos difcours. Les
Obfervations font-elles autres qu'elles
n'étoient dansle commencement? Non,
l'on

cité de Quintilien , il a entendu *tout rondement* , ce
que nous appellons en François , un *Grammairien.*
Mais l'Obfervateur pourroit , à plus jufte titre, l'accufer lui- même de peu de fincérité ; rien de ce que
M. Olivet lui reproche ne fe trouvant dans les
Obfervations. Voici le fait. L'Obfervateur, après
avoir parlé dans fa Feuille du 28. Juin 1738. de la
maniere dont M l'Abbé Olivet juftifioit la fameufe
Ellipfe de ce vers de Racine :

Je t'aimois inconftant ; qu'aurois-je fait fidéle ?

ajouta : " Je foumets mes Réflexions aux lumie-
„ res de M. Olivet. Du refte , on ne peut mieux
„ juftifier ce Vers célébre de Racine. Puifque l'oc-
„ cafion s'offre ici (continuë l'Obfervateur) je
„ rapporterai la remarque très-judicieufe de M.
„ l'Abbé du Refnel faite à ce fujet, dans fa Tra-
„ duction de l'*Effai fur la Critique* , page 187. *Un*
„ *Grammairien auroit mauvaife grace*, dit il , *de chi-*
canner ce beau vers :

Je t'aimois , &c.

„ *parce qu'en rigueur , il faudroit dire :* Je t'aimois
„ lors même que tu étois inconftant ; qu'euffé-je
„ fait, fi tu avois été fidéle ? *Cela fe foufentend fans*
„ *peine, & ces fortes de petites licences de conftru-*
„ *ction , bien loin d'étre des fautes , font fouvent un*
„ *des plus grands charmes de la Poëfie. Il eft donc*
„ *d'un habile Critique, felon la penfée de Quintilien ,*
„ *d'ignorer , ou plûtôt de paroître ignorer de fembla-*
„ *bles minucies. Inter virtutes Grammatici habebitur*

l'on y voit toujours le même esprit, le même goût, la même critique. Mais la véritable raison qui vous a fait changer de sentiment & de langage, je la comprens; c'est qu'on y a parlé de vos derniers Ouvrages d'une maniere qui ne vous a pas plû. On a relevé quelques fautes échappées à votre sçience Grammaticale. Auffi-tôt vous vous étes déclaré contre l'Obfervateur. S'il eût continué à vous flatter, vous le préconife-

5, *aliqua nefcire* Jamais (ajoutoit l'Obfervateur) „ paflage n'a été mieux appliqué. " Ainfi le mot de *Grammairien* n'exifte pas même, comme on voit, dans les Obfervations, & fuppofé qu'il y fût, une pareille méprife fuffiroit-elle pour accufer d'*ignorance* l'Ecrivain à qui elle auroit pû échapper. M. Olivet a intérét de foutenir le contraire, lui à qui il eft arrivé dans faTraduction des *Entretiens de Cicéron fur la Nature des Dieux*, d'avoir rendu le mot Latin *Gymnafium* par celui de *Collége*, au lieu de *Gymnafe* ou *Lieu d'exercice*; d'avoir changé en *Hôtel de Ville* le *Forum* des Romains, c'eft à-dire le *lieu où l'on rendoit la Juftice*, & d'avoir reprefenté les atômes *comme n'ayant point de fens*, au lieu de dire qu'*ils nont point de fentiment* (*non fenfu præditis*). Qu'auroit dit M. Olivet, fi M. Rollin qui a relevé ces petites fautes (dans fon Traité des Etudes, Tom. I.) l'eût accufé d'*ignorance*, ou s'il fe fût fervi contre lui de ces paroles que M. l'Abbé adreffe à l'Obfervateur. „ Et pourquoi lorfqu'on ignore des chofes „ fi triviales, ne pas ouvrir un Dictionaire? " *Dern. Lettre de M. l'Abbé d'Olivet, pag.* 17.

F

riez encore. Hé ! Monsieur , rendons-
nous justice : n'attaquons point les personnes , quelque sujet que nous en
ayons, quand elles n'ont attaqué que
nos Ouvrages. Ne vous souvient-il plus
d'avoir dit vous même : » Quand la cri-
» tique porte sur nos Ouvrages unique-
» ment, & qu'elle est juste, fâchons-
» nous alors contre nous-mêmes, mais
» non pas contre nos Censeurs, de quel-
» ques principes qu'ils soient animés «.
Ne vous souvient-il plus d'avoir condamné ce Poëte (Benserade), à qui une
Actrice *avoit tourné la tête* (a), & qui étoit
si fou de ses Ouvrages, qu'on ne pouvoit lui en parler, sans s'exposer à d'é-
tranges emportemens?

*Avertisse-
ment qui
est à la tête
de l'Apo-
logie de
M. l'Abbé
d'Olivet.*

*Entret. de
Cic. sur la
nature des
Dieux ,
Tom. I. p.
151.*

*Hist. de
l'Academ.
pag. 263.
& 168.*

(*a*) M l'Abbé d'Olivet, en disant qu'une Actrice
tourna la tête à Benserade , a semblé faire disparoî-
tre l'Académicien, pour ne laisser voir que le Fran-
comtois, ou même pour lui substituer le Suisse.
A-t'on jamais dit qu'une femme *tourna la tête* à un
homme, pour signifier qu'*il en devient fou ?* Il faut
dire qu'elle lui *fait tourner la tête. Tourner la tête* à
quelqu'un, ou lui *faire tourner la tête* , forment
même deux images dans le sens propre. Je dirois
donc bien, par exemple, qu'il y a des hommes qui
ont si peu d'esprit & tant d'orgueil, qu'une legére
contradiction, un mot de critique, trop peu de
loüange, leur *fait tourner la tête* : Pourrois-je dire
que cela *leur tourne la tête ?*

Les Réflexions que vous appellez
d'éternelles railleries, & où vous trouvez Dern. Let. pag. 14.
une groſſiereté capable de révolter toute la
terre, ne font, à les bien prendre, qu'un
badinage littéraire, innocent, utile, &
même néceſſaire dans la République des
Lettres, pour faire diſcerner les Livres,
pour corriger les Auteurs, & quelque
fois pour égayer la ſéchereſſe des Ma-
tiéres. Ce que l'Obſervateur a dit de
votre Proſodie & de vos *Remarques ſur Ra-*
cine, eſt de ce dernier genre. Vous con-
venez vous-même que » la ſéchereſſe Remarq. de Gramm. ſur Rac. pag. 12.
» de vos remarques vous avoit rebuté
» tout le premier, & qu'un Ouvrage
» de pure Grammaire, à moins qu'on
» ne ſorte de ſon ſujet, n'eſt preſque
» pas ſuſceptible d'agrément «. Je veux
bien rapporter ici ce qui s'eſt paſſé à
l'occaſion de votre Proſodie (*a*).

_____

(*a*) Je me borne à ce premier Article. Pour le
ſecond, on pourra voir par ſoi-même ce que l'Obſervateur en a dit dans ſa Feuille du 28. Juin 1738.
& dans un Ouvrage particulier intitulé, *Racine*
vengé, que l'on regarde, avec raiſon, comme un
des meilleurs Livres qui ſoient ſortis de ſa plume.
Auſſi M. l'Abbé d'Olivet, qui n'a eu garde d'y répondre, a été obligé d'avouer, que dans la plûpart
de ſes *Remarques ſur Racine*, il s'étoit trompé. Mais
il ne fait cet aveu qu'en ſecret. Car en public il

Quand cet ouvrage parut, je me souviens que l'Observateur en parla, comme il parle de tous les autres Ouvrages modernes. Il vous contredit sur quelques points, par exemple sur l'ignorance où vous supposiez à tort que l'on est aujourd'hui de notre Prosodie, c'est-à-dire, des regles de la prononciation de notre langue. Il soûtint contre votre sentiment que les regles de l'Aspiration n'étoient ni difficiles à retenir, ni sujettes à beaucoup d'exceptions; au contraire il les démontra claires & simples, soit dans la théorie, soit dans la pratique. Il rit un peu de quelques-unes de vos décisions, fondées ou sur le jargon des Lingeres, comme vous le disiez vous-même (a), ou sur celui des femmes de Chambres. Il badina sur la prononciation Normande de la lettre N. devant une voyelle; sur votre appréciation mathématique des syllabes breves, & un peu plus breves, des syllabes longues & un peu plus lon-

soutient qu'il ne tiendroit qu'à lui de mettre en poudre le *Racine vengé* Quelle modération !

(a) Décision de M. l'Abbé d'Olivet : ,, On doit ,, toujours aspirer *Hollande & Hollandois*, si ce n'est ,, dans des Phrases , *Toile d'Hollande, Chemise* ,, *d'Hollande*, que le jargon des Lingeres a établies. Prosod. pag. 39.

gues ; fur votre *anatomie* des fons ; fur la prononciation de ces mots, *on lâace Madame*, *on la délâace (a)*, mots que vous voulez être prononcés, *comme je me delaffe,* c'eft-à-dire, *je me remets de mes fatigues ;* enfin fur la différence imperceptible que vous mettez dans l'a final des mots *Opera, Canada*, &c. & de ceux-ci, *déja, falbala, oüi-da*, &c. (*b*). Mais toutes ces petites remarques étoient des jeux d'ef-prit, placés à propos pour vaincre l'en-nui inféparable des difcuffions gramm-maticales ; j'ai actuellement fous les yeux la feüille de l'Obfervateur, & je vous affûre que je n'y vois rien dont on puiffe raifonnablement fe piquer.

Et d'ailleurs la plaifanterie n'étoit-elle pas réparée par les Eloges qu'il donne dans la même feüille à votre travail, *digne d'un perfonnage grave & d'un homme d'efprit.* Il vous applaudit d'avoir combattu l'er-reur de certains Ecrivains, par rapport à *l'ortographe*, & d'avoir fait fentir combien

Obferva-tions du 29 Decembre 1736.

(*a*) Décifion : ,, *Ace* longdans *grace*, *efpace*, on ,, *lace Madame*, &c. Profod. Franç. pag. 59.
(*b*) Profod. Françoife. pag. 58. ,, A la fin des mots ,, *A* eft fermé & très-bref comme dans ces mots, ,, *papa, dada, falbala*, &c. Mais il eft un peu plus ,, ouvert, & par conféquent un peu moins bref ,, dans ceux-ci, *fofa, opera, duplicata*, &c.

leurs innovations pourroient être pré-
judiciables à la Langue. Il dit que jufqu'ici perfonne n'avoit fi bien fait connoître que vous le prix de la Rime ; que
perfonne n'avoit mieux défini le nombre oratoire, ou l'harmonie du ftyle , ni
ce que c'eft que beauté dans la penfée.
Enfin il termine fon obligeant Extrait,
Ibid. en difant que » *votre excellent Traité* ,
» dont plufieurs morceaux avoient *orné*
» fa Lettre, ne pouvoit qu'être très-utile
» à tous ceux qui écrivent, mais fur tout
» aux Orateurs, aux Poëtes , & même
» aux Comédiens, aux Muficiens , &c. «
Qu'auroit-il pû dire de plus flatteur? Cela ne fuffifoit - il pas pour vous faire
voir qu'il n'avoit point eu intention de
vous faire de la peine. J'entendis faire
ce raifonnement à tout le monde , lorf-
que cette feüille , qui vous regarde, parut ; & il n'y eut perfonne qui ne fût fur-
pris de votre mécontentement. On dit
alors que vous étiez un homme étran-
gement difficile à contenter.

Dern. Let. 3°. Vous condamnez la maniere dont
pages 58. cet Ecrivain compofe fon Ouvrage pé-
89. riodique. » Vouloir (dites-vous) dans le
» cours d'une année juger d'un plus grand
» nombre de volumes que l'homme le
» plus ftudieux n'en pourroit lire; fe croire

» affez de lumiere , affez d'autorité pour
» citer tous les Savans à fon tribunal ; fe
» figurer qu'un Ouvrage dont la compo-
» tion a peut-être couté dix ans , ne de-
» mande qu'un coup-d'œil pour en faire
» la cenfure ; trancher , décider fur une
» infinité de matieres qu'on n'a pas même
» effleurées , qu'on eft pas même en état
» d'entendre , voilà le comble de la fo-
» lie «. Avez-vous fait attention , Monfieur , qu'en parlant ainfi , vous faites le
procès à tout les Journalites du monde ? Leur caufe eft la même. Quoique
je n'aye aucune raifon particuliere de
m'y intéreffer autrement que tous les
lecteurs de ces Ouvrages périodiques ,
je vais tâcher néanmoins de diffiper ce
qu'il y a de plus ébloüiffant dans vos
reproches.

En premier lieu , il eft faux que dans
quelque Journal que ce foit , *on parle
dans le cours d'une année d'un plus grand nombre de volumes que l'homme le plus ftudieux
n'en pourroit lire.* Et où eft l'impoffibilité
pour deux ou trois perfonnes affociées de
lire & d'examiner cette même quantité
de Livres , fur tout quand leur étude eft
principalement tournée de ce côté là ,
& qu'ils font dans l'habitude de faire des
analyfes ? Il en eft d'eux en quelque

forte comme de nos Magiſtrats, à qui la grande habitude où ils ſont de juger, donne des lumieres & une facilité que nous avons peine à concevoir.

En ſecond lieu, jamais aucun Journaliſte n'a prétendu *citer tous les Sçavans à ſon tribunal*, mais uniquement faire connoître leurs Ouvrages, en y mêlant quelques remarques que le bon goût, la Logique & l'Erudition offrent à meſure qu'on les lit. C'eſt ce qu'ont fait avant les Obſervateurs, l'Abbé Gallois, Bayle, Baſnage de Bauval & Leclerc, & ce que font comme eux les ſavans Journaliſtes de Trevoux, ceux de Paris, de Hollande, d'Angleterre, &c.

En troiſiéme lieu, c'eſt encore une fauſſeté de leur *attribuer la préſomption de croire qu'un coup-d'œil leur ſuffiſe pour juger d'un Ouvrage dont la compoſition a peut-être coûté dix ans*. De pareils critiques ſeroient bien-tôt décrédités. Vous ſavez pourtant qu'il s'en faut beaucoup que tel ſoit le jugement du Public : jugement que vous trouvez trop favorable, & qui excite votre cenſure. Auſſi taxez-vous obligeamment ce même Public *d'ignorance*, de *vanité*, de *malignité* & *de folie*. Mais j'ai honte de m'arrêter à ce reproche qui tombe de lui-même.

Continuons

Continuons d'examiner vos autres objections.

De la maniere dont vous parlez , on
croiroit qu'un Journaliste *doit employer*
autant de tems à l'examen d'un Livre , que
l'Auteur en a employé à sa composition ; si
cela étoit , où en seroient tous les Journalistes ? Ne seroit ce pas vous con-
damner aussi vous-même ? En effet dans
la Préface (*ou Prospectus*) de votre Edition de Cicéron , vous passez en revuë
une infinité de Commentateurs & de
Scholiastes , qui , à supputer le tems
qu'ils ont donné à leurs Ouvrages ,
forment peut-être plusieurs siécles dans
la totalité : il s'enfuivroit de vos principes , que le reste de votre vie ne suf-
firoit pas pour discuter le mérite de
quelques-uns d'eux , bien loin que vous
pussiez faire *usage de toutes leurs richesses.*
Vous auriez donc grand tort, Monsieur
l'Abbé, de n'avoir pas débuté dans la
Littérature par ce noble & pénible travail, si digne de votre rare talent.

Prospectus de la nouvelle Edn. de Cicéron pag. 15.

Pour la *connoissance des matieres* , elle
est nécessaire du moins jusqu'à un certain point. Et quel est le Journaliste en
qui cette connoissance ne se trouve ?
Il n'est aucun d'eux , je crois, à qui l'on
refuse la qualité d'homme de Lettres.

G

Or je me souviens de vous l'avoir entendu dire ; » Les parties de l'homme de
» Lettres s'étendent plus loin qu'on ne
» pense. L'homme de Lettres a un ou
» deux genres d'Etude, ausquels il s'ap-
» plique particulierement ; mais il doit
» savoir un peu de tout. « Combien y
a-t'il de personnes dans la République
des Lettres qui ont embrassé plus d'une
science, & qui y ont réussi ? Tels sont les
Fontenelles, les Voltaires & autres. Hé !
Qui empêche que ce portrait ne soit
celui de la plûpart de nos Journalistes ?
Je ne l'ai fait que d'après le caractére
de plusieurs d'entr'eux que j'ai l'honneur de connoître.

Il faut l'avoüer, on n'iroit pas loin
dans la critique littéraire, ni dans la Pro-
fession de Journaliste, si l'on n'avoit jamais lû que Cicéron, quoique cet Auteur
mérite d'être connu, goûté, adoré de tous ceux
qui savent lire. Et ce seroit vraiment le
comble de la folie, de croire qu'avec
cette lecture qui n'est sans doute pas
moins *charmante* que celle *d'Homere* (*a*),
on sût tout, fondé sur cette maxime

Prem. Let. de M. d'O-livet, pag. 3,

(*a*) „ S'il y a un fait certain (dit M. l'Abbé d'O-
„ livet) c'est qu'Homére fut toujours une *lecture*
„ *charmante.* " Remarq. de Grammaire sur Racine, pag. 107,

vraie, mais dont il ne faut pas abuſer, qu'on *n'avance dans l'Etude des belles Lettres qu'autant que l'on goûte & que l'on fait Cicéron.*

Voilà, Monſieur, une partie des Réflexions que l'on pourroit faire ſur votre Lettre. Je ne me rends point l'Apologiſte de votre Adverſaire. L'amour ſeul de la vérité m'a fait parler; vous pouvez m'en croire ; encore ne ſuis-je que l'Echo du Public. Je vais, par exemple, vous faire part d'une converſation où je me trouvai il y a quelques jours, & où vous fûtes un peu mêlé.

J'entrai dans une maiſon aſſez connuë par l'amour qu'on y a pour les Lettres , & par les honneurs qu'on y fait à ceux qui les cultivent. (Je lui dois en paſſant cet éloge). Le Cercle étoit à l'ordinaire compoſé de Dames, de beaux Eſprits , & de quelques Savans. Ceux-ci tenoient un endroit de votre Lettre ſur lequel ils étoient fort partagés. Pluſieurs prétendoient que vous aviez bien *rabroüé* l'Obſervateur, avec le paſſage que vous citez d'Athénée. Les autres Dern. l et. pag. 13. ſoutenoient au contraire que vous auriez mieux fait de retrancher ce morceau (*a*). Ils étoient véritablement ſur-

(*a*) M. L. Olivet auroit également dû retran-

pris de voir comment à l'aide de votre admirable génie de Scholiaste, vous venez toûjours à bout de donner à un Auteur un sens que les autres n'y découvrent point. M. l'Abbé d'Olivet (difoient-ils) qui fait que les Grammairiens ont été de tout tems expofés aux railleries des beaux Efprits, tâche de les fauver du reproche que leur fait Athenée, & de faire tomber ce même reproche fur des Critiques, dont il redoute les jugemens. On doit lui pardonner ce petit tour d'adreffe en faveur de la part qu'il prend à la réputation des premiers ; mais au fond, il n'eft pas moins vifible & certain, que le favant Polygraphe, dans l'endroit même cité par M. l'Abbé Olivet, en veut réellement *aux Grammairiens*, qui ne font que *Grammairiens*, qui font *bouffis d'orgüeil, féroces, bru-*

cher de fa Lettre le petit Commentaire qu'il y fait fur le paffage de Quintilien : *Inter virtutes Grammatici*, &c. que les Obfervateurs ont pris dans le même fens que lui. On a été étonné qu'une explication triviale, qui n'auroit coûté tout au plus que *la peine d'ouvrir un Dictionnaire*, fût adreffée à M. le Préfident Bouhier, le Varron de la France, fous prétexte de lui *épargner les frais d'un Commentaire*, & d'inftruire *fa petite Académie*. Ne pourroit-on pas foupçonner la modeftie de M. l'Abbé Olivet de s'être un peu démentie en cette occafion ?

Pages 17. & 18.

taux, arrogans, vindicatifs. Athénée compare leur folie à celles de ces Médecins, » qui semblables à un certain Méné-» crate , se veulent faire passer pour » des Dieux , quoique les uns & les au-» tres n'ayent pour tout mérite qu'une » présomption outrée «.

Comme cette matiere étoit trop férieuse , & commençoit à ennuyer les Dames qui n'avoient pas toutes le même goût pour la Littérature , on interrompit la dispute ; & l'on alloit changer de conversation, lorsque quelqu'un dit, que ce qui l'avoit frappé le plus dans votre Lettre , c'étoit votre ingénieuse & satirique Prosopopée. Il s'offrit en même tems de la parodier en presence de toute l'Assemblé ; on le prit au mot, & sur le champ il commença ainsi. (*a*)

Je me représente , Messieurs , (dit-il) un très célébre Puriste de ce tems , &

(*a*) L'Approbation de M. Danchet donnée à la Prosopopée de M. l'Abbé d'Olivet , peut servir pour celle-ci, & l'autoriser, selon toutes les Loix de l'équité. On doit juger conséquemment que *rien n'y passe les bornes prescrites dans les Combats Littéraires* , & cela avec d'autant plus de justice , qu'il n'y a rien ici que de vrai, au lieu que les faits rapportés par M. l'Abbé d'Olivet, sont tous de son invention.

je le place glorieufement, non *fur le Pont-Neuf*, ou *fur le Quay*, mais fur un Théâtre dreffé au milieu du Pays Latin, & de là je l'entends qui crie à haute voix : » Je fuis le Grammairien *Apion*, » qu'on appelloit *le Tambour de toute la » Terre* (*a*). Mes Ouvrages feront immortels. Je vaux moi feul par mon » travail plus que toute l'Académie en- » femble. Je fuis un génie univerfel. Je » fai tout, parce que j'ai lû Cicéron. » J'ai fait de rares découvertes d'Agri- » culture & de Grammaire. N'ai-je pas » curieufement remarqué dans mon » Hiftoire de l'Académie, que *l'arbre qui » porte des pommes, eft appellé Pommier (b)*? » Ne fuis-je pas le Jean Defpautere Fran- » çois, à qui le Public eft redevable » d'un profond Commentaire fur l'Al- » phabet, que j'ai décoré du titre de » *Profodie Franços*? Vous Lingéres,

(a) Si le Lecteur eft tant foit peu curieux, il eft invité à lire l'Article d'*Apion* dans le Dictionaire Hiftorique & Critique de Bayle.

(b) Phrafe de M. l'Abbé d'Olivet : *Comme l'arbre qui porte des pommes eft appellé Pommier, Madame de Boüillon difoit de M. de la Fontaine : c'eft un Fablier.* Cette comparaifon étoit en vérité bien néceffaire pour faire fentir la penfée de Madame de Boüillon.

» dites à l'avenir *Toile de Hollande* , & Pro∫odie Franç. pag. 39.
» non pas *Toile d'Hollande* ; Et vous ,
» Femmes de Chambre , prononcez :
» *Je làace Madame, je la délàace.* Ecrivains Ibid. pag. 59.
» François , humiliez-vous devant moi.
» Vous n'avez tout au plus que de l'ef-
» prit. Je fai fi bien le Latin qu'un *célé-*
» *bre Profeffeur* de l'Univerfité , *homme* Dern. Let. de M. d'O-livet , fec.
» *d'un mérite diftingué*, n'eft devant moi
» qu'un *petit Ecolier de Cinquiéme.* Sans Edit page 22.
» moi l'Hiftoire de votre Académie
» n'auroit jamais été continuée. Quelle Prem. Let. pag. 7. 10.
» fineffe ! Quelle légéreté dans mes bons
» mots ! Que de goût dans les interro-
» gations , dont elle eft femée ! Le *d'où*
» *vient,* & le *pourquoi* qu'on trouve à tou-
» tes mes pages , mettent un feu admi-
» rable dans mon ftyle (*a*). Mon ton
» Magiftral impofe à tous mes Lecteurs.
» J'efface Vaugelas & Tourreil , dans
» mes Traductions (*b*) ; & fi je m'affo-

(*a*) L'Hiftoire de l'Académie eft toute remplie de ces interrogations, que M. Olivet fe fait à lui-même. On compte plus de trente *Pourquoi* de fuite dans la feule Préface qui eft à la tête des *Oeuures Poftumes de M. de Maucroix.*

(*b*) On ne fera point étonné du langage que je fais tenir ici à M. d'Olivet , fi l'on fait de quelle maniere il parle en toute occafion de M. de Tour-reil , & le Jugement peu favorable à ce célébre Ecri-

» cie l'Erudition de M. le Président Bou-
» hier, ce n'eſt que par complaiſance.
» Je vais faire une pécunieuſe Edition
» de Cicéron en neuf volumes *in quarto*,
» ornée d'un choix d'anciens Commen-
» taires, parce *qu'il ne faut point d'eſprit*
» *pour cela*, comme je l'ai dit moi-mê-
» me (*a*), & avec tout l'eſprit Acadé-
» mique, vous n'en viendrez pas à
» bout. « *Puis d'un ton radouci* : » Je ſuis
» charmé de voir ici Meſſieurs les Li-
» braires. Bon jour, Monſieur Etienne,
» voici les *Poëſies Latines de M. Huet*, Evê-
» que d'Avranches; vous aurez vous-mê-
» me l'honneur de les dédier en latin à ce
» Prélat. Voici encore quelques Tra-
» ductions de M. l'Abbé de Maucroix,
» que vous mettrez ſous le titre *d'Oeuvres*
» *poſthumes*; mais je me réſerve le droit

vain, qu'il attribuë à M. l'Abbé Maſſieu : Jugement bien oppoſé à celui que cet Abbé en porte
dans la belle Préface qu'il a miſe à la tête du Dé-
moſthéne de M. de Tourreil.

(*a*) M. l'Abbé Olivet parlant, dans le *Proſpectus*
de ſon Edition de Cicéron, des talens que ce travail exigeoit, a dit avec raiſon : *Quod ut fieret non*
erat opus ingenio, quod in me ſciunt quàm ſit exiguum.
Ce qui a été traduit ainſi. *Pour cela il ne falloit*
point d'eſprit, & l'on ſait que je n'en ai gueres. Depuis il s'eſt repenti de cet aveu trop ſincére, & perſonne n'ignore l'hiſtoire burleſque de ſon repentir,

» de m'en dire un jour l'Auteur (a) . . . .
» Salut au très brillant Coignard. Je
» vous ai déja fait imprimer mon *Histoire*
» *de l'Académie*, mon cher ami. Je vous
» donnerois encore mes autres Ouvra-
» ges, si ce n'est que vous ne vous pré-
» tez pas assez, & cela rebute. De plus,
» ni Auteur ni Editeur, n'aime à être
» éclaboussé par son Libraire . . . . .
» Approchez M. Didot, je vous desti-
» ne une nouvelle Edition des *Poësies*
» *latines de M. Huet*, quoique la premié-
» re ne soit pas encore débitée ; mais

(a) Les Journalistes de Trévoux ont reproché à
M. l'Abbé d'Olivet d'avoir mis sous son nom des
Traductions de Démosthène & de Cicéron qu'il
avoit fait imprimer en 1710. sous le titre d'*Oeuvres*
Posthumes de M. de Maucroix. Cette Edition avoit
même été dédiée à M. de Sillery, Evêque de Soif-
fons, comme ami particulier du défunt Auteur ; &
l'Editeur (M. l'Abbé d'Olivet) protestoit dans la
Préface du même Livre, que „ le titre d'Oeuvres
„ Posthumes n'étoit point en cette occasion un pié-
„ ge tendu par un Imposteur téméraire, qui vou-
„ lant faire valoir ses foibles productions ; & ne
„ pouvant exciter, par son propre nom, la curiosité
„ des Gens de Lettres, empruntoit impunément un
„ nom illustre pour les éblouir. " On peut voir dans
la Lettre à M. le Président Bouhier, imprimée au
commencement des *Entretiens de Cicéron sur la Na-*
ture des Dieux, quelles raisons il a pû avoir pour
se rétracter, après une déclaration aussi formelle.

» pour accréditer celle-ci , nous y join-
» dront les *Piéces éparfes du cher Abbé Fra-*
» *guier.* . . . . . Vous venez fort à propos,
» jeune Boudet , je vous réferve une
» Edition des mêmes Poëfies , où je
» mettrai une douzaine de nouveaux
» Vers grecs & latins, & que j'ornerai
» de ce beau titre, *Poëtarum ex Academiâ*
» *Gallicâ qui latinè aut græcè feripferunt*
» *carmina ,* c'eft-à-dire , *Recüeil de Poëfies*
» *grecques & latines de l'Académie Fran-*
» *çoife (a),* Piéces que la plûpart de leurs
» Auteurs ont faites , lorfqu'ils profef-
» foient les Humanités chez les Jéfuites.
» Nous groffirons ce Recüeil de quatre
» petites Piéces de ma façon, dont trois
» font en profe , ce qui vous fera mettre
» à ma gloire ce titre pompeux : O L I-

(*a*) Ce Recueil avec fon titre paroît auffi fingu-
lier , que le feroit celui des Livres de Piété de la
Faculté de Médecine, ou des Obfervations Phyfiques
des Avocats du Parlement. Le favant Auteur du
Mercure , dans fon Journal du mois de Février dernier , pag. 307. & 308. après avoir annoncé ce
même Receuil de M. l'Abbé d'Olivet fous le titre de
POESIES LATINES ou GRECQUES, fait cette ju-
dicieufe Remarque , que *le Livre eft en Latin.* On
voit par-là fon exactitude à juger des Livres. Le
même Auteur, pag. 317. donne pour une *Nouvelle*
Traduction de Cicéron , l'Edition que M. l'Abbé
d'Olivet va publier ; mais on veut bien croire que
ç'eft une faute d'impreffion.

» **VET I VARIA.** Quoique vous ne fa-
» chiez pas beaucoup de latin, mon en-
» fant, je veux composer sous votre
» nom des Epitres dédicatoires, en bel-
» le latinité pour l'Académie Françoise ;
» vous m'y donnerez de grandes loüan-
» ges, & m'y traiterez d'*Athénien*, de
» *Romain*, de *Contemporain* d'*Alexandre* &
» d'*Auguste*, ainsi que tous les autres
» *membres Grecs & Latins* de notre Aca-
» démie, dont les Oeuvres feront con-
» tenuës dans ce Recüeil. C'est à cette
» condition seule que je vous donne
» l'Ouvrage. Nous pourrons quelque
» jour en faire une seconde Edition,
» quand M. Danchet m'aura remis tous
» les *Vers latins*, qu'il a faits étant Pro-
» fesseur de Rhétorique à Chartres. Sur
» tout n'oubliez pas la condition que je
» vous ai imposée. Songez que par mon
» crédit vous deviendrez un jour l'Im-
» primeur de l'Académie. . . . . . . Or ça
» M. Gandoüin, que vous donnerai-je ?
» Vous étes une personne fort discrette.
» Voici une Traduction qu'il faut im-
» primer à mon profit ; je vous charge-
» rai ensuite de mon *Traité de la Profodie*
» *Françoise*, & de mes *Remarques sur*
» *Racine*. . . . . . Vous devez être bien
» contens de moi, Messieurs les Librai-

» res. Je voudrois pourtant vous obli-
» ger tous en commun J'ai eu du Pere
» Mahoudaut , Jéfuite (a), *les Oeuvres*
» *diverfes du Pere Hardoüin.* Ce feroit un
» Pérou pour vous, mais je fuis fâché
» que l'impreffion n'en puiffe être per-
» mife à Paris. Je cours les faire impri-
» mer en Hollande , comme j'y ai déja
» fait imprimer l'Ouvrage pofthume
» d'un grand Evêque, Ouvrage où il n'y
» a pas le fens commun , & qui a cepen-
» dant été bien vendu d'abord en gros ,
» puis en détail par les Libraires Hol-
» landois. Enfin accourez tous chez
» moi, mes amis ; j'ai de quoi vous four-
» nir ; je fuis l'*Hérédipete* de tous les vieil-
» lards de la République des Lettres ,
» & le Légataire univerfel de la plûpart
» des Morts (b). «

Je connois M. l'Abbé d'Olivet (ré-
pondit une autre perfonne de la Com-

(a) Le P. Mahoudaut, zélé Hardoüinifte, ainfi que
le P. de la Motte fon neveu , qui étant depuis forti de la Compagnie, a pris en Hollande le nom de
la Hode. C'eft l'Auteur des *Révolutions de France*
& de l'*Hiftoire de Louis XIV.* pour laquelle on a
propofé des Soufcriptions.

(b) Si M. l'Abbé d'Olivet n'eft pas content des
Anecdotes contenuës dans cette Parodie, on pourra dans une feconde Edition de cette Lettre, en
ajouter d'autres encore plus curieufes.

pagnie) il me semble qu'il est de ceux
qui n'ont pas tout-à-fait profité d'une
ressource admirable, dont il parle lui-
même dans son Histoire de l'Académie. » Le mélange des Seigneurs avec
» les gens qui ne connoissent que leurs
» Livres, est comme un sel qui préserve
» ceux-ci d'un je ne sai quel Pédantisme
» aussi ennemi de la politesse, que l'i-
» gnorance même. «

Pag. 109.

On raisonna beaucoup sur vos talens,
Monsieur l'Abbé, & l'on convint una-
nimement que vous n'étiez pas sans mérite; mais on trouva que vous étiez un
peu trop délicat sur votre réputation littéraire, & que le moindre trait de critique contre vos Ouvrages, déconcertoit
votre politesse Académique,& vous fe-
soit courir aussi-tôt à l'invective & à la
vengeance. Souvent, disoit-on, l'on a fait
des objections contre vos Théses sin-
gulieres, & jamais vous n'avez même
essayé d'y répondre. Vous avez toujours cru que des plaintes, des duretés,
des invectives équivaloient à des rai-
sonnemens & à des réponses. Mais le
Public n'en a pas jugé ainsi. Voici à ce
sujet une Epigramme nouvelle, qu'une
personne de la compagnie montra.

E P I G R A M M E
Contre certains Auteurs Polémiques.

Grands Ecrivains qui vous entre-mordez,

Quand par hazard fefant Brochure ou Livre,

Par le couroux vous vous fentez guidez;

Pour votre honneur gardez-vous de pourfuivre,

Car je crains fort que le Public moins yvre

N'abjure enfin vos Ecrits indécens,

Fruit d'une aveugle & Bachique manie,

Où vous croyez mériter fon encens,

En oppofant le fiel à l'ironie,

L'ire au fang froid, & l'injure au bon fens.

Enfin, Monfieur, on parla des mouvemens que vous vous étiez donnés pour empêcher la publication de la Réponfe de M. Crévier à votre premiere Lettre, quoiqu'il n'y eût dans cette Réponfe aucune injure, mais feulement une réflexion courte & fenfée fur la dureté de vos termes, avec une bonne réfutation de votre fauffe interprétation du paffage de Cicéron. M. Crévier a été réduit à traiter le fond de la difpute dans une Harangue Latine, & à dire pour toute Réponfe à vos duretés : *Ad Cyclopas releganda eft torva hæc & iniquis gra-*

tiis nata feritas. Comme ce Difcours Latin n'a pas fait un grand bruit, vous
avez été content de la modération de
votre Adverfaire. Vous lui avez pardon-
né, & vous l'appellez aujourd'hui, avec
édification, *célébre Profeffeur, homme d'un*
mérite diftingué. Il fe pourra faire, que s'il
vous furvient quelque nouvel Adverfaire, pour n'avoir pas à la fois plufieurs
ennemis fur les bras, vous ferez auffi l'é-
loge de votre ancien Ami & Confrére,
contre lequel vous étes aujourd'hui fi irrité. Pour moi, je n'ofe me flatter d'une
fi heureufe Palinodie, ce qui ne m'em-
pêchera pas, malgré vos difpofitions
peu favorables, d'être toujours fincére-
ment.

Dern. Let.
fec. Edit.
pag. 22.

MONSIEUR,

> Votre très-humble & très-
> obéïffant Serviteur,
> L * * * *
> Prieur de Nefville.

Le 1. Avril 1739.

L'Approbation de ce *Combat Littéraire*, eft à la
fin de la Lettre de M. l'Abbé Olivet.

CORRECTION ET ADDITION.

Page 22. lignes 16 & 17. D'illuſtres perſonnes, &c. *liſez* Une illuſtre perſonne (*a*).

(*a*) C'eſt le R. P. Tournemine, Jéſuite, mort le 16 Mai 1739. homme auſſi diſtingué par ſon rare mérite que par ſon illuſtre naiſſance, & qui n'a pas moins fait d'honneur à la Nation qu'à ſa Société. En approuvant mon Ouvrage, il m'avoit expreſſément défendu de le nommer, ce que je n'ai executé, je l'avouë, que malgré moi ; mais ſa mort a levé mes ſcrupules, & j'ai crû ne devoir pas laiſſer ignorer plus lon-tems au Public, que celui à qui j'ai l'obligation d'une partie de mes anecdotes, eſt le même qui a tant de fois obligé toute la République des Lettres.